dtv
premium

Philippe Grimbert

Ein besonderer Junge

Roman

Aus dem Französischen von
Holger Fock und Sabine Müller

Deutscher Taschenbuch Verlag

MIX
Papier aus verantwortungsvollen Quellen
FSC® C013736

Deutsche Erstausgabe 2012
3. Auflage 2013
edition manholt im dtv
Deutscher Taschenbuch Verlag GmbH & Co. KG,
München

Titel der französischen Originalausgabe: ›Un garçon singulier‹

Umschlagkonzept: Balk & Brumshagen
Umschlaggestaltung: Wildes Blut, Atelier für Gestaltung,
Stephanie Weischer unter Verwendung eines Fotos von
plainpicture/Arcangel
Satz: Greiner & Reichel, Köln
Druck und Bindung: Kösel, Krugzell
Gedruckt auf säurefreiem, chlorfrei gebleichtem Papier
Printed in Germany · ISBN 978-3-423-24921-8

Für Aleth

I

Müßige Jugend
Allem sich fügend,
Aus Feinfühligkeit
Verlor ich mein Leben.
Ach! Käm' doch die Zeit,
Sich zu verlieben!

ARTHUR RIMBAUD

Suche motivierten jungen Mann für die Betreuung eines besonderen Jugendlichen während eines Aufenthalts mit seiner Mutter in Horville (Calvados).

Zum ersten Mal fühlte ich mich von einem Stellenangebot angesprochen. Bis zu jenem Tag hatte keines mein Interesse geweckt: Ich war zu ungesellig, um Kindern in einer Ferienkolonie Unternehmungen vorzuschlagen, zu schüchtern, um mit den Gästen einer Pizzeria zu scherzen. Drei Jahre an der Universität waren verflossen, ohne dass ich mir darüber klar geworden war, welche Richtung ich einschlagen wollte. Mein Vater hatte gedroht, mir den Geldhahn zuzudrehen, wenn ich nicht einen Studiengang wählte, der echte Berufsaussichten bot, deshalb hatte ich die Geisteswissenschaften aufgegeben, um ein Jurastudium in Angriff zu nehmen. Dieses Jahr war ich einmal mehr so weit abzubrechen; ich wusste, dass ich nicht bis zum Examen durchhalten würde in einem Fach, für das ich mich einfach nicht interessierte.

Ich hatte keine einzige Freundschaft geknüpft, geschweige denn eine Liebesbeziehung begonnen.

Anfang der siebziger Jahre wehte ein Hauch von Freiheit auf den Fluren der Fakultät. Die Parolen und Schlagworte der Epoche prangten in großen roten und schwarzen Buchstaben an den beschmierten Wänden, und der Gedanke, sie zu entfernen, wäre ein Sakrileg gewesen. Man hatte das Haar zerzaust getragen, die Krawatten gelockert und die Verbote zum Wanken gebracht, doch die Verbote, die ich in mir trug, blieben unangetastet: Mai 68 hatte meine Hemmungen nicht zu Fall gebracht.

Mir war allerdings bewusst, dass ich eine Beschäftigung finden musste, und so warf ich jedes Mal, wenn ich am Anschlagbrett in der Halle vorbeikam, einen Blick darauf.

Zwei Worte an dieser von Hand geschriebenen Anzeige zogen mich an.

Wenn sie mich nicht gerade *den großen Schweiger* nannten, sagten meine Eltern wie der Verfasser der Anzeige, ich sei ein *besonderer* Junge. Meine Neigung zum Alleinsein beunruhigte sie stets: Als Kind spielte ich nie mit anderen, und als Jugendlicher zog ich die Gesellschaft meiner Lieblingsautoren allen Bekanntschaften vor. Daran hatte sich später nichts grundlegend geändert, und ich fühlte mich bei Leuten meiner Generation noch immer nicht wohl.

Doch mehr noch als das Wort *besondere* bewegte mich das *Horville* in der Anzeige dazu, die Telefonnummer zu notieren, die am Ende des Zettels vermerkt war; mit dem Geruch nach Jod und Tang, wie er in den Sommern meiner Kindheit herrschte, stiegen bei diesem Namen vergessene Bilder in mir auf. Wie angewurzelt stand ich vor dem Anschlagbrett, als wäre es ein verrostetes Gartentor, dessen Flügel quietschend aufgingen. Horville erschien nie über den Umweg von Gesprächen, so wenig wie die Erinnerungen, die damit verbunden waren. Dieser Badeort ruhte unter dem Sand: eine versunkene Stadt, von der sogar der Name zu einer toten Sprache gehörte.

Die Gespräche, das Kommen und Gehen der Studenten, das Gelächter, das in der Halle der Fakultät widerhallte, ließen der Stille Raum. Reglos betrachtete ich das kleine Papierviereck, das sich gerade in eine Postkarte verwandelt hatte, die der glich, die früher das Kaufhaus *Nouvelles Galeries* an der Uferpromenade immer in einem Drehständer feilgeboten hatte.

Über dem Anschlagbrett mit den Stellenangeboten hing noch eines jener rebellischen Plakate mit knalliger Parole, die für mich plötzlich den Charakter einer persönlichen Botschaft annahm: Unter dem Pflaster hatte soeben der Strand meiner Kindheit auf sich aufmerksam gemacht.

Jeden Sommer begleitete uns mein Vater nach Horville. Anfang Juli ließ er uns, meine Mutter und mich, dort allein zurück, um im August wieder zu uns zu stoßen. Wenn die Abreise bevorstand, packten meine Eltern die Liegestühle, den Sonnenschirm, die Kühltasche und die Luftmatratze ins Auto. Die wenigen Stunden der Reise kamen mir endlos vor.

Als ich anfing, mit den Zahlen vertraut zu werden, zeigte mein Vater mir den Kilometerzähler am Armaturenbrett. Nicht den großen, sagte er zu mir, der zählt die Kilometer seit dem Kauf des Wagens, sondern den anderen, der direkt darunter sitzt. Wenn er auf 275 stand, konnte ich hinter den Kirchturmspitzen der Basilika La Délivrande die graue Linie des Ärmelkanals sehen. Wir nahmen nie die Autobahn, mein Vater fuhr lieber auf den Nationalstraßen, und wir pflegten die Reise für ein Picknick im Schatten von Alleebäumen zu unterbrechen. Unser Sommeresszimmer, wie meine Mutter es nannte.

Während des zweiten Teils der Strecke wuchs meine Ungeduld, bis endlich die Minigolfanlage und die Tennisplätze eingangs der Stadt auftauchten: Wir waren in Horville.

Das Hôtel des Flots und seine altmodischen Zimmer mit den Toile-de-Jouy-Tapeten: Von unserem in der ersten Etage sah man die Segel der Boote. Durch einen Paravent vom Bett meiner Eltern getrennt, das kleine Bad und mein Bett. In der Bar trafen sich die Gäste zum Aperitif, während die Billardkugeln auf dem Filztuch zusammenknallten. Die Serviettenfächer trugen Etiketten mit den Namen der Pensionsgäste. Die Glaswand des Speisesaals spendete den Familien, die in kurzen Hosen Samtkrabben und Meeresspinnen pulten, ein fahles Sommerlicht.

Der Hotelpark: Sein mit Erde aufgefüllter Brunnen floss vor Geranien über. Nach den Erzählungen meiner Eltern hatte ich hier, zwischen den Rosensträuchern, der Schaukel und dem kleinen Betonring, der den Spielplatz begrenzte, meine ersten Schritte gemacht, *sehr vorsichtig*, wie mein Vater hinzufügte. Ganz am Ende, hinter den Haselnusssträuchern, verbarg sich unter Spalieräpfeln eine Mauer. In ihrer Mitte befand sich eine mit einem Schloss gesicherte Tür, die den Zugang zu den Ruinen verwehrte. Über dem Mauerkamm, der mit Flaschenscherben gespickt war, konnte man die Kuppe einer steilen Anhöhe sehen, die vollständig von der Vegetation überwuchert war: die Ruinen des Saut-du-Loup-Parks.

Der Name des Badeorts, der meinen Blick auf das Stellenangebot gelenkt hatte, rief mir jene Zeit meines Lebens wie auch ihre Orte wieder in Erinnerung. Ich hatte es für eine großartige Zeit gehalten, die Erinnerung wurde von Trauer überschattet: Ließen sich die Sommer meiner Kindheit in diese Klischees packen, die ebenso trübe und verhangen waren wie der Himmel von Horville?

»Sie kennen Horville? Das ist ein Pluspunkt. Wenn Iannis Ihnen entwischt, wissen Sie vielleicht, wo Sie ihn wiederfinden!«

Auf dem Umweg über seine Sekretärin hatte ich sehr schnell einen Termin mit dem Vater des *besonderen* Jungen bekommen. Hoch oben in seinem Büro im obersten Stock der Tour Nobel thronte der Personalchef über den Baustellen der Bürostadt La Défense und jenseits davon über ganz Paris, das unter einem feinen Nebelschleier vor sich hin döste.

»Sie sind nicht zufällig Student der Psychologie?«

Ich antwortete ihm, ich hätte dieses Fach nach einem Jahr aufgegeben.

»Ein zweiter Pluspunkt! Ich habe keine Lust, aus meinem Sohn ein Studienobjekt zu machen! Ich habe genug Blödsinn über ihn gehört! Er ist anders, das ist alles, man muss ihm nicht unbedingt ein Etikett verpassen …«

Sein Anzug, seine Brille, sein entschiedener Ton erinnerten mich an meinen Vater.

»Ich möchte nur sicher sein, dass Iannis in guten Händen ist. Seine Mutter ist zu beschäftigt, um die ganze Zeit auf ihn aufzupassen, sie möchte ihren Kopf frei haben zum Schreiben.«

Sogleich interessiert erkundigte ich mich, ob seine Frau Schriftstellerin sei. Er deutete eine unbestimmte Handbewegung an, mit der er die schriftstellerische Betätigung seiner Frau als belanglos auszuweisen schien.

»Sie sind zu jung, um sie gelesen zu haben, aber sie hatte einen kleinen Skandalerfolg mit … sagen wir *speziellen* Romanen.«

Was meinte er mit *speziell*?

»Meine Frau war ihrer Zeit voraus, sie hat sehr darunter gelitten, in der Verlagswelt keine Anerkennung zu finden.«

Er stieß einen Seufzer aus.

»Dann kamen die Schwierigkeiten mit Iannis dazu, sie hat alles aufgegeben, um sich ihm zu widmen, doch jetzt, da sich die Sitten geändert haben, würde sie gerne wieder schreiben. Sie glaubt, dass ihre Bücher heute besser angenommen würden.«

Er musterte mich schweigend.

»Deshalb sind Sie hier, junger Mann. Doch zuvor müssen wir uns über einige grundlegende Dinge verständigen.«

Angesichts meiner hochgezogenen Augenbraue fuhr er fort.

»Sie gehören hoffentlich nicht zu jenen jungen Achtundsechzigern, die alle Prinzipien ablehnen, die wir ihnen eingetrichtert haben? Die Grundprinzipien sind Werte, auf denen man sein Leben aufbaut. Auch bei der Einstellung von Personal legt man sie zugrunde. Achtung vor dem Leben, Achtung vor dem anderen. Vollkommene Ablehnung jeder Demütigung, insbesondere vor Dritten.«

Wie mein Vater, ganz mein Vater. Ich dachte wieder an die Tafel, die er einst in der Küche aufgehängt hatte, um die Regeln für ein gutes Gelingen des Familienlebens festzulegen. Mein Blick musste mein Gegenüber davon überzeugt haben, dass ich seine Auffassungen teilte.

»Gut, Sie scheinen der Richtige zu sein. Ich werde meine Frau anrufen und Ihre Ankunft ankündigen. Wann können Sie in Horville sein? Je früher, desto besser, müssen Sie wissen. Sie hat mir zu verstehen gegeben, dass es immer schwieriger für sie wird.«

Als ich ihn fragte, warum sein Sohn nicht in einer Facheinrichtung untergebracht sei, hob er die Arme zum Himmel.

»Was glauben Sie, um was wir uns zuerst gekümmert haben? Er verbrachte einige Jahre in einer Tagesklinik, bis zu seinem vierzehnten Lebensjahr, das ist anscheinend die Altersgrenze. Dann fing der Ärger an. Wir zählen die Absagen nicht mehr: Alle Gründe mussten herhalten, es fehlte keine Ausrede, um ihn abzulehnen. Nur ein Internat in Belgien hat uns ein wenig Hoffnung gemacht: Dort steht Iannis auf der Warteliste, es kann ebenso gut einen Monat wie ein Jahr dauern. Deshalb haben wir für die Zwischenzeit Hilfe von Studenten gesucht, die sich tagsüber um ihn kümmern sollten. Doch keiner hat es länger als ein paar Wochen ausgehalten. Alle haben früher oder später behauptet, die Situation sei unerträglich für sie geworden … Gewiss, Iannis ist ein schwieriges Kind, aber ihn als unerträglich zu bezeichnen!«

Er kritzelte eine Adresse und eine Telefonnummer auf einen Zettel und streckte ihn mir entgegen.

»Sie kennen Horville als Badeort ja von Ihren Sommerferien, aber waren Sie schon einmal außerhalb der Saison dort? Sicher nicht! Man kann sich nichts Ruhigeres vorstellen! Genau das hat meine Frau überzeugt, als wir uns nach einem passenden Ort umsahen. Die letzten Feriengäste haben ihre Koffer schon vor einem Monat gepackt … aus Horville ist Morville geworden!«

Mit einem kleinen Lachen tat ich so, als fände ich sein Wortspiel geistreich, während ich die Adresse des Hauses entzifferte: an der Mole, direkt am Meer.

»Melden Sie sich bei meiner Frau, um sich mit ihr über Ihre Ankunftszeit zu verständigen. Vom Bahnhof in Caen verkehrt eine regelmäßige Buslinie. Und jetzt zu den Konditionen.«

Ich hatte seinen Vorschlag kaum gehört, da erklärte ich mich auch schon einverstanden. Ich würde gut untergebracht sein und meine Mahlzeiten bekommen, die Dauer meiner Tätigkeit war unbegrenzt, da Iannis' Mutter beschlossen hatte, Horville erst wieder zu verlassen, wenn ihr Roman fertig sei. Einer plötzlichen Eingebung folgend erwiderte ich, ich zöge es vor, mit dem Auto anzureisen, dem 2CV, mit dem ich mir meine ersten Sporen verdient hatte, würde mich hinbringen.

»So, Sie sind also der glückliche Auserwählte?«

Die ein wenig raue Stimme am Telefon ließ eine ironische Spitze durchklingen.

»Ich hoffe, Sie werden es nicht bereuen! Wann können Sie anfangen?«

Ein trockner Husten teilte den Satz. Ich schlug Iannis' Mutter den nächsten Tag, nachmittags, vor. Sie gab mir die genaue Adresse, ich sagte ihr, sie sei mir bekannt.

»Kommen Sie besser am Abend, wenn er zu Bett gegangen ist. Mir ist es lieber, wenn er Sie das erste Mal nach dem Aufwachen antrifft. Sie können kommen, wann Sie wollen, auch sehr spät, ich gehe nie vor Mitternacht schlafen.«

Die Vorstellung, Horville bei Anbruch der Nacht wiederzusehen, gefiel mir. Ich würde mich im Laufe des Nachmittags auf den Weg machen, vier oder fünf Stunden brauchte ich bis zur Côte de Nacre. Jetzt musste ich nur noch meinen Eltern Bescheid sagen, ein paar Dinge einpacken, Flaubert und Rimbaud einstecken, die ich noch einmal lesen wollte, und los ging es!

Meine Mutter machte sich Sorgen wegen der Dauer meines Jobs, mein Vater fragte sich, ob es mir guttun würde, wenn ich mich mit einem jungen Deppen einschließen würde, doch sie waren zufrieden, dass ich endlich eine Arbeit gefunden hatte, zudem in Horville, an das wir so viele Erinnerungen hatten. Sie erkundigten sich nach dem Beruf von Iannis' Eltern. Ein Vater, der Personalchef in der obersten Etage eines Hochhauses im Viertel von La Défense war, beruhigte sie vollauf; von einer Autorin *spezieller* Romane konnte man das sicher nicht behaupten, deshalb zog ich es vor, ihnen die Tätigkeit der Mutter des Jungen zu verschweigen.

Die Ente war, wie aus einem langen Schlaf erwacht, erst nach einigen vergeblichen Startversuchen bereit anzuspringen. Vom vertrauten Knarren der alten Blechkiste gewiegt, machte ich mich in Richtung Westen auf.

Wir haben ein wenig von uns zurückgelassen auf der Erde unserer Kindheit, ein Haar von uns zwischen den Steinen auf einem Weg, Fetzen unserer Haut an der Rinde eines Baums, ein Tröpfchen Tränen oder Blut am Boden in einem Garten. Blumen haben sich dort von unserem Andenken ernährt. Würde man eine Spur davon wiederfinden, den Beweis, dass wir dort waren?

War ich hypnotisiert, als ich gefahren bin? Ich hatte schon mehr als hundert Kilometer hinter mir, der Kilometerzähler bestätigte es, aber ich hätte weder den Weg noch die Ortsschilder angeben können. Instinktiv hatte ich die Autobahn gemieden, um mich auf der Nationalstraße durchzuschlagen. Verlassene Dörfer folgten aufeinander, ich erkannte sie nicht.

Die Landschaft mit der Steinbrücke und dem Sumpf voller Schilf kam mir plötzlich vertraut vor. Als ich am Horizont den dunklen Streifen eines Vorhangs aus Bäumen sah, fiel mir das obligatorische Picknick auf unserer jährlichen Reise ein: unser Sommeresszimmer! Die Prozession großer Bäume kam näher, doch als die Stelle kam, um in die Allee einzubiegen, war da plötzlich eine Leitplanke, die die Zufahrt verwehrte. Ich hatte gerade noch Zeit, die Flucht der Baumstämme zu sehen, ein schattiges Gewölbe, das sich sogleich wieder schloss und das meine Erinnerungen einsperrte.

Während einer unserer letzten gemeinsamen Familienreisen hatte sich genau in diesem Augenblick der Seelenruhe ein Abgrund unter meinen Füßen aufgetan: die Ahnung einer gewaltigen Katastrophe. Und wenn alles schlagartig enden würde, wenn der Tod meiner Eltern diese Harmonie zerstören würde? Wenn mich meine einzigen Stützen verlassen, wenn diese Stimmen, die sich um mein Wohlergehen sorgten, für immer verstummen würden? Dann wäre ich plötzlich ganz allein gewesen an diesem feindlich gewordenen Ort, ich hätte endlos gerufen und als Antwort nur das Echo meiner Stimme gehört, die unter der Wölbung der hohen Bäume widerhallte.

Etwa dreißig Kilometer vor Horville wurde es langsam dunkel. Ungeachtet meiner Bitten wollte nur einer der beiden Scheinwerfer meiner Ente Licht spenden. Die Strecke war mir viel kürzer vorgekommen als zu der Zeit, als ich das Voranschreiten der Zahlen auf dem kleinen Kilometerzähler beobachtete. Ich war wie im Halbschlaf gefahren. Nur ein paar wenige Augenblicke ragten aus diesem Phänomen heraus: die Fahrt durch Dörfer mit Namen, die etwas in mir anstießen und denen jetzt Industriegebiete und Supermärkte vorgelagert waren.

Ich hielt an einer Tankstelle, um vollzutanken. Mit aufgestütztem Ellbogen stand ein junger Mann im Blaumann rauchend hinter dem Tresen, die Augen ins Leere gerichtet, ein Transistorradio neben sich. Der Widerhall eines Popkonzerts grundierte die Stille, von Zeit zu Zeit pries die Stimme eines Moderators außerordentliche Sonderangebote an.

Nachdem ich ein Sandwich gegessen hatte, trank ich einen Kaffee und zündete mir eine Zigarette an. Der Spiegel an der Rückwand des Verkaufsraums warf das Bild eines großen, traurigen Jungen zurück, den das grelle Neonlicht noch ein wenig blasser machte. Mit jedem Schluck Kaffee, mit jedem Zug an der Zigarette beschlichen mich Fragen, die ich lieber fern von mir gehalten hätte. Was würde ich an diesem Ort tun, von dem mich mehr als zehn Jahre trennten? Ich wusste nicht, ob ich diesen sonderbaren Jugendlichen ertragen würde. Was war dieser Iannis eigentlich? Behindert, schwachsinnig, verrückt? Ich hatte keine große Vorliebe für Heranwachsende, die *anders* waren, meine Seminare an der Universität hatten keinerlei Berufung zum Lehrer oder Therapeuten in mir geweckt, im Gegenteil. Und nun würde ich den ganzen Tag mit einem von ihnen verbringen, an einem Strand, an den ich nur traurige, trübe Erinnerungen hatte! Sollte ich umkehren? …

Ich wurde wieder von Zweifeln geplagt, diesem schrecklichen Zweifel, der mich immer daran gehindert hatte, zur Tat zu schreiten, mich zu engagieren, mich zu entscheiden. Doch dieses Mal sollten sie mich nicht kleinkriegen. Der Kaffee mit dem Pappgeschmack war ungenießbar, es war Zeit, das Obdach der Tankstelle zu verlassen, in knapp einer halben Stunde würde ich in Horville sein. Die Nacht brach soeben an, und ich hatte das Gefühl, einen Wachposten zu verlassen, der auf einer nicht greifbaren Grenze zwischen Gegenwart und Vergangenheit stand.

Ich machte mich wieder auf in Richtung Côte de Nacre. Dieser Teil des Wegs kam mir vertrauter vor, sicher weil ich früher hier immer meine Schläfrigkeit abschüttelte, um nach dem Meer Ausschau zu halten.

Am Himmel zeigten sich die ersten Sterne zwischen den zerrissenen Wolken, und ich fuhr langsam, um mir noch etwas Zeit damit zu lassen, mein Ziel zu erreichen. Man spürte die Gegenwart des Meeres zur Rechten, hinter den Villen.

Die Tennisplätze eingangs der Stadt lagen, überragt von den Schiedsrichterstühlen, friedlich unter Laub. Die Nacht wachte über den verlassenen Straßen, den Bäumen, die allmählich kahl wurden, den Häusern und ihren unter Stroh versteckten Beeten. Ich war zurück in Horville. Für einen Augenblick hielt ich neben der Tankstelle an, als wollte ich Atem schöpfen. Nicht ein Licht in den Fenstern deutete auf einen Bewohner hin: Als Kind hatte ich mich immer gefragt, ob Horville außerhalb der Sommermonate ein Dasein hatte. Kaum hatte ich die Scheibe hochgeklappt, strömte eine kalte Brise ins Wageninnere, und vor meinen Augen begann sich alles zu drehen. Mit dem würzigen Duft nach Jod drängte sich das noch unsichtbare Meer auf.

Ich parkte die Ente beim Bootsschuppen, schnappte meinen Rucksack, zog meinen Mantel über und machte mich auf zum Strand, unter der Brücke hindurch, die den Winterhafen der Segelboote überspannte.

Dieses Mal schlug mir der Wind peitschend entgegen. Die Nässe steigerte die Gerüche nach Meer, Tang, Muscheln, nassem Sand. Einen Duft vergisst man nie: Benommen fand ich genau dieselbe Komposition wieder vor wie einst, samt seiner Kopfnote und seiner Untertöne. Ich ging weiter, um den Strand als Ganzes zu entdecken.

Zu meiner Linken verjüngte sich die Sandzunge bis zur Klippe, die vom Schatten des Bunkers überragt wurde, rechts verlor sich der Strand in der Nacht; über mir erhoben sich die Stützpfeiler der Mole. Straßenlaternen warfen ihren Lichtschein auf die lange Reihe der Strandkabinen; im Mondlicht sah der vom Wind aufgehäufte Sand einförmig weiß aus, und man hörte das Wellenklatschen der Flut. Auf dem höchsten Stand war das Meer dunkel wie der Himmel, öffnete sich ins Unendliche. Ich näherte mich dem Strand dort, wo der Untergrund zu einer knirschenden Mischung aus Kieseln und Muschelschalen wurde, dann wandte ich der düsteren, feindseligen See den Rücken zu und betrachtete die Uferstraße.

Nur die Farben von früher waren verblasst, übertüncht vom Grau und Weiß dieses klischeehaften Mondlichts. Dicht gedrängt standen die Häuser, schlafenden Schildwachen gleich, und reihten zum Meer hin ihre geschlossenen Fensterläden und vernagelten Türen aneinander. Die menschenleere Promenade rollte ihren Asphalt aus, Pfützen spiegelten den Schein der Straßenlaternen. Bewusst zögerte ich den Augenblick hinaus, da ich das Haus betreten würde, in dem die Mutter des besonderen Jungen mich erwartete, und nahm mir die Zeit, an den weiß gestrichenen Holzzäunen entlangzuschlendern, die die Terrassen von der Uferpromenade trennten.

Schließlich stand ich vor der Villa. Ich erkannte sie sofort wieder: Auf meinen einsamen Abendspaziergängen war ich oft bei ihr vorbeigekommen, angezogen vom Schauspiel eleganter junger Menschen, die tranken und dabei Jazz hörten. Der Fachwerkgiebel hatte die Zeit ohne große Schäden überdauert. Durch die doppelten Vorhänge eines der Türfenster, die zur Terrasse hinausgingen, drang Licht. Keine lässige Gestalt in einem Sessel, nicht der leiseste Widerhall von Jazz, stattdessen breiteten erneut meine Zweifel ihre Schatten über die Fassade aus. Um ihnen zu entkommen, musste ich noch eine Runde drehen.

Ich ging an der Villa vorbei, weiter bis zur klobigen und reizlosen Villa Guyfranpierre mit ihrem Bogenfenster, dem Türmchen und der Wetterfahne darüber. Noch etwas weiter entdeckte ich wieder die Villa Moderne, ganz aus Beton, mit ihren spitzen Winkeln und den großen Glasfenstern. Was war aus den Bewohnern diese Häuser geworden, den Kindern, die sich an Regentagen mit Kartenspielen wie Nain Jaune und Rommé die Zeit vertrieben? Nach meinem letzten Sommer in Horville hatte ich mit keinem von ihnen mehr Kontakt. Wie nach jedem Schuljahr hatte ich alle Verbindungen abgebrochen. Sicher waren sie als Jugendliche wie ich lieber ans sonnige Mittelmeer gefahren.

Weiter unten, von einem mit Seevögeln geschmückten Schild überragt, befand sich noch immer die Absperrung, die den Spielplatz des Club des Goélands umgab. Die Rutschbahn in der Mitte der Einfriedung wirkte wie ein schlafendes Ungeheuer. Die Versuchung, zum Strand hinunterzugehen, war groß, doch die Zeit lief mir davon. Und bis zum Hôtel des Flots weiterzugehen, kam nicht in Frage, umso weniger, als mich bei der Vorstellung, das Haus wiederzusehen, eine Woge der Angst überkam.

Dieses Mal konnte ich den Augenblick meiner Verabredung nicht weiter hinauszögern; hinter den Vorhängen des Salons wartete Iannis' Mutter auf mich. Ich musste ein paar Stufen hinaufgehen und die Terrasse überqueren, dann klopfte ich an die Tür. Ich erkannte die Stimme wieder, mit der ich telefoniert hatte, aus der Tiefe des Hauses rief sie mir zu, ich solle hereinkommen.

II

Sobald ein Sandkorn in die so schlecht verheilte Wunde gerät, kippt alles: Liebesbeziehungen, Träume, Gewissheiten. Unser Weg verliert sich unter dem Sand, Gestein ohne Gedächtnis, das zwischen unseren Fingern zerrinnt, Stoff schwankender Schicksale, Zement vergänglicher Burgen.

Der kleine Eingangsbereich, in dem Regenmäntel und Wetterjacken hingen, mündete ins Wohnzimmer. Es war schwach beleuchtet und vollgestellt mit Möbeln vom Flohmarkt, die nicht zusammenpassten und den Raum wie einen Trödelladen aussehen ließen. Links sah man die letzten Stufen einer Treppe, die sich im Dunkel des oberen Stockwerks verlor. Gegenüber der Eingangstür lag, man ahnte es, das Esszimmer, das an die Küche grenzte, von der eine Seite auf die Veranda hinausging. Hinter den Scheiben schimmerten die Büsche eines klösterlichen Gartens im Mondlicht. Das Klappern einer Schreibmaschine lockte mich ins Wohnzimmer. Vor den doppelten Vorhängen der Verandatür schnitt ein Lichtkreis einen Schreibtisch aus, auf dem eine tragbare Remington thronte. Auf dem Rand eines Aschenbechers brannte eine Zigarette herunter. Eine schlanke Frau schrieb, ihre Finger eilten mit beeindruckender Geschwindigkeit über die Tastatur. Ich sah von ihr nur einen geraden, von der Konzentration angespannten Rücken und das lange kastanienbraune Haar, das eine Haarspange zusammenhielt, aus der sich einzelne Strähnen gelöst hatten. Als sie mich die Tür schließen hörte, drückte sie langsam die Zigarette aus, drehte die Walze ihrer Schreibmaschine, um die Seite herauszuholen, die sie in Arbeit hatte, und ließ sie in einer der Schreibtischschubladen verschwinden. Dann drehte sie sich um.

Sie war nicht schön, doch ihr Gesicht beeindruckte mich. Ihre etwas kräftige Nase, die bittere Falte um ihren Mund und die tiefdunklen Augen, in denen sich Iris und Pupille nicht voneinander unterschieden, gaben ihren Gesichtszügen etwas Hartes, das durch die Unordnung ihres Haars noch betont wurde. Sie erhob sich und nahm mich in Augenschein, ein wenig länger als nötig, so dass mir unbehaglich zumute war. Wir standen uns gegenüber und betrachteten uns, und ich zögerte, das Schweigen zu brechen, denn ich fühlte, dass sie auf mich zugehen würde. Obwohl sie weit über vierzig war, hatte sie sich eine mädchenhafte Figur bewahrt, die sie in einem großen Männerpullover verhüllte, dessen Ärmel bis zu den Ellbogen hochgekrempelt waren. Plötzlich, als wäre sie zufrieden mit ihrer Musterung, lockerte sie ihre Schulter, rang sich ein Lächeln ab und gab mir einen kurzen, energischen Händedruck. Ihre tadellos aufgereihten Zähne glänzten im Halbdunkel, ein Glanz, der sich in ihrem dunklen Blick fortsetzte.

»Ich bin Helena. Sie sind Louis, nicht wahr?«

Sie machte sich Sorgen, ob ich zu Abend gegessen hätte, ob meine Reise gut verlaufen sei, und schlug vor, mir mein Zimmer zu zeigen. Dann ging sie rasch und leichtfüßig mir voraus die Treppe hinauf. Ich konnte es mir nicht verkneifen, ihre zarten, von einer Jeans geformten Hüften zu betrachten. In der ersten Etage führte ein Flur in ein Badezimmer; rechts davon ging ein Elternschlafzimmer ab, in dem ich das Ehebett sah, und links lagen zwei Schlafzimmer, das von Iannis, dessen Tür geschlossen war, und davor meines, das mich an das Zimmer erinnerte, das wir im Hôtel des Flots immer bewohnten. Helena schlug mir vor, zuerst meine Koffer abzustellen und dann noch einmal herunterzukommen, um ein Glas mit ihr zu trinken.

Wieder brannte eine Zigarette zwischen ihren Fingern. Bevor wir uns setzten, sie auf ein abgewetztes Sofa, ich mich auf die Kopie eines Voltaire-Sessels, bot sie mir einen Calvados an.

»Es wurde höchste Zeit, dass Sie kommen, ich glaube, ich bin am Ende meiner mütterlichen Kräfte.«

Ihr verschlossenes, ungeduldiges Gesicht machte es mir nicht leicht, mir vorzustellen, welche Art von Mutter sie wohl sein mochte. Ein peinliches Schweigen trat ein, das ich mit der Bitte zu zerstreuen suchte, sie möge mir von Iannis erzählen.

»Besser, Sie lernen ihn selbst kennen, was ich Ihnen sagen könnte, würde Sie beeinflussen, und nicht unbedingt in einem guten Sinn. Ich habe ihm von Ihrem Kommen erzählt, er weiß, wo Sie schlafen werden, er wird nicht erstaunt sein, Sie nach dem Aufwachen im Gästezimmer anzutreffen.«

Wie hatte ihr Sohn reagiert? Sie stieß ein kurzes Lachen aus, das in einen Hustenanfall mündete.

»Man weiß nie, wie Iannis reagiert. Auf alle Fälle nicht wie wir.«

Was hatte er denn dazu gesagt?

»Unser Sohn spricht nicht. Hat mein Mann Sie nicht darüber unterrichtet? Worüber haben Sie beide eigentlich gesprochen? Ah! Sicher über Horville, Sie kennen es ja gut, hat er mir gesagt.«

Ich erzählte Helena von dem Gefühl, das ich hatte, als ich den Strand wiedersah, an dem ich so viele Sommer zugebracht hatte.

»Hat Ihnen Jérôme von meinem Projekt erzählt? Dass ich Zeit brauche, um zu schreiben?«, unterbrach sie mich.

Als ich ihr sagte, ich würde gerne lesen, erkundigte sie sich nach meinen Lieblingsbüchern. Bei meinen bevorzugten Autoren blitzte ein ironischer Schimmer in ihren Augen auf:

»Sie sind ja sehr klassisch in Ihrer Wahl! Hat mein Mann Ihnen gesagt, welche Art von Romanen ich verfasse?«

Ohne mir die Zeit für eine Antwort zu lassen, fuhr sie fort:

»Spezielle sicherlich! Wahrscheinlich hat er Ihnen gesagt, dass ich spezielle Romane schreibe. So nennt Jérôme erotische Bücher … Und wie ich annehme, hat er großen Wert auf seine Grundsätze gelegt …«

Während sie die letzten Worte aussprach, machte sie eine vage Handbewegung ähnlich der, die ihr Mann gemacht hatte, als er die literarische Tätigkeit seiner Frau erwähnte. Nachdenklich machte sie eine Pause.

»Unser Sohn ist ganz und gar unfähig zu den menschlichen Beziehungen, die sein Vater zum Beruf hat, und er kann weder lesen noch schreiben, obwohl seine Mutter

Schriftstellerin ist! Mehr noch, Iannis spricht nicht. Doch er hat zahlreiche Mittel, um sich verständlich zu machen … Nicht immer angemessene Mittel, wie man einräumen muss, vor allen Dingen nicht bei einem sechzehnjährigen Jungen!«

Sie seufzte lange, dann erkundigte sie sich nach meinem Studium und meiner bisherigen Ausbildung; ich fasste alles für sie zusammen.

»Unentschlossen, stimmt's?«

Sie hob ihr Glas, während sie mich mit ihrem tiefen Blick fixierte.

»Und Liebschaften?«, warf sie unvermittelt ein, um sogleich hinzuzufügen:

»Das sollte ein Scherz ein!«

Die Schriftstellerin hatte zweifellos wieder die Oberhand gewonnen, sie lauerte auf Geschichten, die zu ihren Fiktionen beitragen könnten. Mir fielen die beiden Mädchen ein, mit denen ich dieses Jahr ausgegangen war und die ich so schnell wieder vergessen hatte. Beide hatten mit mir Schluss gemacht unter dem Vorwand, ich geize mit meinen Gefühlen, sei zu verschlossen. Sie hatten mich nicht als *sonderbar* bezeichnet, doch genau darauf lief es hinaus.

Die Ereignisse des Tages saßen mir in den Knochen, ich sackte langsam zusammen. Helena musste es bemerkt haben, denn sie schlug mir vor, schlafen zu gehen. Ich tat es gerne, doch als ich die Treppe hochzusteigen begann, erschien es mir mit einem Mal schwierig, neben dem Jungen einzuschlafen, den ich betreuen sollte, ohne sein Gesicht zu kennen. Ich fragte seine Mutter, ob ich ihn sehen könne, und sei es nur für einen kurzen Moment, und sie willigte ein. Wieder ging sie mir auf der Treppe voraus und durch mein künftiges Zimmer, um vorsichtig die Tür zwischen den beiden Zimmern zu öffnen. Sie gab mir ein Zeichen, dann ging sie im Dunkeln bis zu einem Nachttisch, um die Nachtlampe anzuknipsen, die ein blaues Licht verbreitete.

Ein Narziss durch und durch, der sich über sein Spiegelbild beugt. Der alles auf sich zurückführt, auf seinen riesigen Mund, der sich die Welt schnappt und alles verschlingt, was ihn umgibt. Kraft ohnegleichen, zusammengekauert in einem unvollendeten Körper, grenzenlose Lust, die sich in eine unvollständige Seele schmiegt: ein Kind, gestern erst geboren, das schon allein sein wollte und dennoch nichts ist ohne den anderen.

In Decken eingewickelt zeichnete sich seine Gestalt im Bett ab. Iannis schlief in der Embryonalstellung, mit zwei Fingern im Mund, und ich sah von ihm nur ein feines Profil, das sich vom Kopfkissen abhob. Eine Kragenspitze seines Pyjamas lag über seiner Wange, und allein die sehr ausgeprägte Falte zwischen seinen Brauen deutete auf die Anspannung hin, die sich selbst im Schlaf nicht löste. Die Schönheit des von einer Fülle blonden Haars umkränzten Gesichts war ergreifend, dazu die langen Wimpern und die Nasenlinie, dabei hatte ich ein von psychischen Problemen verzerrtes

Gesicht erwartet. Auch Helena betrachtete ihn, ohne dass ich an ihrem Gesicht erraten konnte, welche Gefühle sie dabei hatte. Zu meiner Überraschung begann sie, mit sehr leiser Stimme mit ihm zu sprechen:

»Wir sind hier, Iannis: Louis und ich. Er wird sich um dich kümmern und im Gästezimmer direkt neben deinem Zimmer schlafen. Er hat darauf bestanden, dich zu sehen, bevor er morgen Bekanntschaft mit dir macht. So, jetzt kannst du ruhig weiterschlafen.«

Da ich mich darüber wunderte, dass sie ihren Sohn ansprach, an dem nichts darauf hinwies, dass er unsere Anwesenheit wahrnahm, fügte sie an mich gerichtet hinzu:

»Die Spezialisten haben uns immer geraten, jedes neue Ereignis mit Worten zu begleiten. Ich bin nicht sicher, ob das etwas nützt, besonders nicht, wenn er schläft, doch man sollte keine Möglichkeit auslassen, man weiß nie …«

Dann bat sie mich mit einer abrupten Geste, das Zimmer zu verlassen, als ob sie mich hinauskomplimentierte, und schloss lautlos die Tür.

»Gute Nacht, Louis, Sie wissen, wo Sie das Badezimmer finden.«

Erschöpft hoffte ich, in den Schlaf zu fallen, doch der Anblick des jungen Mannes hatte mich berührt. Ich empfand das Bedürfnis, noch einmal sein Gesicht zu sehen, und erhob mich lautlos, um die Zwischentür zu öffnen. Wieder erhellte die Nachttischlampe das Zimmer mit ihrem blauen Schein. Iannis hatte sich nicht bewegt, zusammengerollt bot er meinem Blick noch immer sein Profil und sein wirres Haar, doch in dem Augenblick, als ich mich über ihn beugte, öffnete er die Augen. Vor Schreck wollte ich sogleich den Rückzug antreten, doch die Sonderbarkeit seines Blick ließ mich erstarren: Seine hellen Augen fixierten einen Punkt weit hinter mir, als wäre ich für ihn nur ein Luftgespenst. Ich beschloss, mich nicht zu bewegen, seine langen Wimpern fielen zu und er schlief wieder ein.

Ich schlich auf Zehenspitzen aus seinem Zimmer und flüchtete in mein Bett. Diese wenigen Sekunden hatten genügt, um mir Klarheit über meine Aufregung zu verschaffen: Dieses zerzauste Haar, dieses scharfe Profil hatten eine meiner liebsten Kindheitserinnerungen an Horville in mir wachgerufen.

In jenem Jahr hatte das Hôtel des Flots eine neue Leitung bekommen. Die Besitzer hatten einen Sohn, mit dem ich mich anfreundete. Es war das erste Mal, dass ich mich einem Altersgenossen wirklich nahe fühlte, und im Laufe eines Sommers waren Antoine und ich unzertrennlich geworden.

Diese Vertrautheit, gänzlich neu für mich, war atemberaubend. Mein Freund, der mit seinen Eltern immer in Hotels an der Küste gelebt hatte, kannte alle Geheimnisse des Strands und teilte sie mit mir. Bei Ebbe zogen wir mit unseren Netzen und Eimern los. Antoine sprang von Fels zu Fels, ohne sich zu verletzen, ich bewunderte seinen Instinkt und seine Kühnheit. Er schreckte vor nichts zurück, und manchmal, wenn er energisch seine Hand zurückzog, hing ein Krebs an einem seiner Finger, dem er ohne zu zögern mit blanken Zähnen in die Zange biss, damit das Tier losließ.

Bei unseren Ausflügen ins Hinterland pflückte Antoine für uns Brombeeren auf Vorrat, deren lauwarmes Fruchtfleisch unter den Zähnen aufplatzte. Ich sah ihn in einem Dickicht aus Zweigen verschwinden, und wenn er von den Brombeeren zerkratzt wieder herauskam, war sein Gesicht mit roten Flecken übersät, und er strahlte über beide Backen: Mein Freund brachte mich zum Staunen, doch ich war auch empfänglich für die Schönheit dieses jungen Wildfangs.

Der Augenblick der Abreise war mir noch schmerzhafter vorgekommen als sonst. Wir ließen Horville hinter uns, vor allem aber musste ich Antoine zurücklassen, der mir in zwei Monaten der liebste Mensch auf der Welt geworden war.

In der tiefen Stille des Hauses starrte ich mit weit aufgerissenen Augen in die Nacht und versuchte einzuschlafen, doch die Erinnerungen stiegen in mir auf. Sie waren beharrlich, wurden deutlicher, wie das Gesicht von Antoine. Wie war es möglich gewesen, dieses Gesicht zu vergessen?

Während meine Eltern am Ende der letzten Ferien das Auto beluden, gab mein Freund mir ein Geschenk. Wir waren beide todunglücklich bei dem Gedanken, dass wir uns erst in den nächsten großen Ferien wiedersehen würden: Ein ganzes Jahr würden wir hinter uns bringen müssen, in unserem Alter kam uns das vor wie eine Ewigkeit.

Ich weigerte mich, dieses ungeschickt zusammengeschnürte Päckchen mit seinem zerknitterten Papier gedanklich auszupacken. Wo war es heute, in welcher Schublade hatte ich es zurückgelassen? Mein Gedächtnis erlaubte mir nur eine einzige Erinnerung: Als ich bei der Rückfahrt hinten auf der Rückbank saß und das Abschiedsgeschenk fest an meine Brust presste, ließ ich meinem Schmerz freien Lauf.

Das zurückgehende Wasser legte große Sandzungen frei, auf denen die Überreste gestrandeter Schiffe ruhten, halb mit grünlichem Wasser gefüllte Helme, vereinzelte Schuhe, aufgeplatzte Truhen, aus denen Waffen und Munition herausgefallen waren. Ich untersuchte diese Schätze und stieß einen Siegesschrei aus angesichts eines kleinen Pulverfasses, das ich gerade aus dem Tang gezogen hatte.

Ich war eingeschlafen und in einem Albtraum versunken, der so düster und klar war wie das Meer, auf das ich zuging. Plötzlich tauchte ich auf den tiefsten Grund der aufgewühlten See, wo in einer Wolke aus schimmernden Luftblasen ein Schatten erschien. Dieser Schatten verfolgte mich des Nachts: Seit Jahren träumte ich von ihm. In der einen oder anderen Gestalt schlich er sich immer wieder in meine weit zurückreichenden Albträume ein.

Die Brandung trieb den zierlichen leblosen Körper unerbittlich auf mich zu. Ich erkannte seine Augen, sie waren weit geöffnet, und seinen gierigen Mund, der sich an mir festsaugte.

Ich spürte einen Biss in der Brust, einen lebhaften Schmerz, der mich aus dem Schlaf aufschreckte. Ich war nicht mehr allein unter der Bettdecke. Die gerade erst heraufziehende Morgenröte durchdrang das Zimmer, ihr fahles Licht umgab eine in ihrer ganzen Länge neben mir liegende Gestalt. Iannis hatte mein T-Shirt hochgeschoben und saugte, beide Hände flach auf meinen Oberkörper gelegt, an meiner Brust. Ich fiel von einem Albtraum in den nächsten. Abgestoßen von diesem Gefühl konnte ich mich nicht beherrschen und stieß den Jungen brutal aus dem Bett. Mit einem leisen Aufschrei fiel er hinaus und verpasste sich, kaum dass er aufgestanden war, eine unglaublich deftige Ohrfeige. Jammernd begann er, vor und zurück zu wippen, während er sich in die Hand biss, mit der er sich gerade geschlagen hatte. Benommen, noch halb im Schlaf, musste ich mich erst einmal vergewissern, dass ich nicht träumte, musste mich fassen und mich der langgliedrigen Gestalt nähern, die rhythmisch hin- und herwippte. Ich sprach ihn leise mit seinem Namen an, erinnerte ihn an meinen und legte meine Hand auf seine Schulter, doch er machte sich los, als hätte er einen Stromschlag erhalten. Ich versuchte noch einmal, ihn zu berühren, und dieses Mal nahm er die Berührung an. Er hörte damit auf, sich zu beißen, und sein Wippen ließ nach. Wieder durchbohrte mich sein Blick. Ich entschloss mich, seine überaus zarte Hand zu nehmen, deren lange Finger meine nicht umschlossen, und behutsam begleitete ich ihn zu seinem Bett. Dort kauerte er sich sogleich in der Embryonalstellung zusammen.

Ich konnte nicht mehr einschlafen. Die Erinnerung an meinen Albtraum und die albtraumhafte Szene, die ich soeben erlebt hatte, hielt mich davon ab. Erneut fragte ich mich, wie ich so blind hatte sein können, eine solche Arbeit anzunehmen. Ich war wütend auf mich selbst: Wie lange würde ich es neben einem jungen Spinner aushalten, der den von resignierten Sozialarbeitern in einem heruntergekommenen Stadtviertel betreuten Zöglingen ähnelte, denen ich auf meinem Weg manchmal begegnete. Warum hatte ich eine solche Wahl getroffen?

Auf der anderen Seite der Tür rührte sich nichts, bis vom Erdgeschoss das Klappern von Geschirr zu hören war. Dann hörte ich Iannis' Bett quietschen.

Der Türgriff drehte sich, Iannis stieß den Türflügel auf, schloss und öffnete ihn dann wieder, ohne sich dazu durchringen zu können, über die Schwelle in mein Zimmer zu treten. Mit meiner sanftesten Stimme wünschte ich ihm einen guten Morgen. Er wippte ein paar Sekunden hin und her, dann fasste er Mut und machte ein paar Schritte in meine Richtung. In seinem zu kurzen Pyjama sah er aus wie ein Kind, das zu schnell gewachsen war. Die Schönheit seines Gesichts, die noch dadurch gesteigert wurde, dass es keinerlei Gefühl ausdrückte, frappierte mich noch mehr als in der Nacht zuvor. Er wagte ein paar Schritte und streckte mir die Hand hin, was – wie seine Mutter mir später mitteilte – alles andere als eine leichte Geste für ihn war.

»Ah! Wie ich sehe, habt ihr euch schon miteinander bekannt gemacht! Und Iannis erlaubt, dass Sie ihn an der Hand halten, ausgezeichnet!«

Helena begrüßte uns in der Küche, froh, uns beide, ihren Sohn und mich, in so gutem Einvernehmen zu sehen. Während sie mich befragte, ließ sie mich nicht aus den Augen, die dunkel leuchteten.

»Und? Ist alles gut gegangen in der ersten Nacht? Ich hoffe, er hat Sie nicht gestört? Sein Schlaf ist nicht gerade ruhig.«

Sie seufzte.

»So wenig wie seine Tage übrigens!«

Wie hätte ich ihr von einem Vorfall erzählen können, der mir vorkam wie aus einem Traum? Ich zog es vor zu schweigen. Vielleicht in der naiven Hoffnung, dass der Junge mir dafür dankbar sein würde, wie jeder Jugendliche, mit dem man sich verbündet. Vollkommen gleichgültig demgegenüber, stürzte sich Iannis auf seine Trinkschale mit Schokolade.

Während des Frühstücks erläuterte Helena mir meine Aufgabe im Einzelnen. Bis jetzt sei sie nicht imstande gewesen, tagsüber zu arbeiten, da Iannis eine ständige Aufsicht benötige. Nur nachts habe er ihr Zeit gelassen, um mit ihrem Projekt voranzukommen, das habe sie erschöpft. Sie bat mich, ihrem Sohn Gesellschaft zu leisten, ihn auf andere Gedanken zu bringen, mit ihm spazieren zu gehen. Sie würde an den Tagen den Stab übernehmen, an denen ich nicht mehr könne.

»Ich verlange nicht von Ihnen, dass sie ihn erziehen, ich habe es aufgegeben, obwohl ich länger darauf bestanden habe als sein Vater … doch Sie werden sehen, mit ihm wird jede Beschäftigung, selbst die alltäglichste, zu einem Abenteuer!«

Ob ich besondere Vorsichtsmaßnahmen treffen müsse, ob es etwas zu vermeiden gelte?

»Ja, sicher, doch man kann es nicht vorhersehen: Was ihm heute Spaß macht, kann morgen sein Entsetzen hervorrufen … Da Sie danach fragen, keine Dusche, das ist der Horror für ihn! Nur Sitzbäder. Was die Mahlzeiten angeht … ich lasse es auf Sie zukommen. Oh! Auf der Toilette müssen Sie bei ihm bleiben, sonst kann es Stunden dauern!«

Darauf folgte eine Reihe von Empfehlungen, von denen ich keine Einzelheiten im Gedächtnis behalten habe, aber Helena versicherte mir, sie stehe mir für jede Auskunft über ihren Sohn zur Verfügung. Sie werde mir eine Einkaufsliste geben, gemeinsam mit uns zu Mittag essen, das Abendessen jedoch allein bei ihrer Schreibmaschine einnehmen. Sie wolle sich von nun an ausschließlich ihrem Roman widmen.

Um sie auf das Gebiet zu locken, das mir am Herzen lag, fragte ich nach dem Thema, doch sie antwortete, eine Art Aberglaube verbiete ihr, vor der Fertigstellung darüber zu sprechen. Erneut tauchte sie ihren Blick in meinen.

»Doch Sie ahnen ja, worum es geht, da mein Mann Ihnen gesagt hat, welche Art von Büchern ich geschrieben habe!«

Im Gegensatz zum Blick ihres Sohnes ging Helenas Blick nicht durch einen hindurch: Er wühlte einen im Innersten auf bis zum Unwohlsein.

Iannis und ich kehrten in sein Zimmer zurück. Ich half ihm aus seinem Pyjama, dabei stellte ich fest, dass er noch den schmächtigen Körperbau eines Kindes besaß: vollkommen haarlos, hohle Brust, das Geschlecht eines kleinen Jungen. Ich nahm ihn an der Hand, um ihn ins Badezimmer zu bringen. Ohne die geringsten Schwierigkeiten setzte er sich in die Badewanne, wo ich ihn einzuseifen begann, nicht ohne eine gewisse Scheu beim Kontakt mit einem unbekannten Körper meines Geschlechts zu empfinden. Es machte ihm Spaß, von mir umsorgt zu werden, der Anflug eines Lächelns umspielte seine Lippen. Nachdem ich die Seife abgespült hatte, bat ich ihn, sich einen Augenblick zu gedulden, und ging zu dem Schrank im Flur, um ein Handtuch zu holen.

Als ich zurückkam, saß Iannis nicht mehr in der Wanne. Die Schaumschicht und die ruhige Oberfläche ließen mich zuerst vermuten, dass er in meiner Abwesenheit aus dem Zimmer geschlüpft war. Ich eilte hin, um mich zu vergewissern, und mein Herz stockte, als ich mich über die Badewanne beugte und auf dem Wannengrund einen friedlichen

Ertrunkenen liegen sah, die Augen weit geöffnet, durch die Wasseroberfläche auf die Decke starrend. Nicht einmal das rätselhafte Lächeln war von seinem Gesicht verschwunden. Das Bild des Gespenstes in meinem Traum, in einer Wolke aus schillernden Blasen, überblendete die Szene. Panisch versuchte ich, Iannis aufzurichten, doch sein Körper machte sich schwer, seine Haut glitt mir aus den Händen bis zu dem Augenblick, als seine Arme viel Wasser verspritzend auftauchten, um mich zu umarmen und mich zu sich hinunterzuziehen. Ich brauchte alle meine Kraft, um dagegen anzukämpfen und einen noch immer lächelnden, triefenden Iannis aus dem Wasser zu heben, der es offenbar nicht nötig hatte, Luft zu holen, während ich völlig außer Atem war. Keuchend, erschöpft ließ ich mir nichts von dem Schrecken anmerken, der mich gepackt hatte, ich trocknete ihn energisch ab, rieb ihn ab und spürte dabei unter dem Handtuch, wie schmal sein Brustkorb und wie zerbrechlich seine Knochen waren.

Nun mussten wir das Tagesprogramm absolvieren, wie Helena es festgelegt hatte. Ich nahm Iannis zu Einkäufen für das Mittagessen mit. Mit abwesendem Blick schlenderte er zwischen den Regalen umher, meine Gegenwart schien ihm gleichgültig zu sein, doch wie eine Katze ließ er mich nicht aus den Augen und entfernte sich nicht wirklich von mir. Sein seltsamer, ständig schwankender Gang hatte etwas Faszinierendes, seine Arme schlugen nach allen Seiten aus wie die Flügel eines ins Netz gegangenen Vogels. Die wenigen Kunden, denen wir begegneten, konnten ihren Blick nicht von der zierlichen, schlaksigen Gestalt losreißen, die neben mir hertaumelte, die Auslagen streifte und jeden Augenblick Anlass zu der Befürchtung gab, er könnte das Gleichgewicht verlieren und im Fallen ein paar Konservenpyramiden zum Einsturz bringen.

Mittags speisten wir zu dritt. Über seinen Teller gebeugt, verteilte Iannis einen Großteil des Inhalts auf dem Tisch, trank in großen Schlucken Wasser und trällerte dabei einen seltsamen Singsang. Helena aß schweigend, ganz offensichtlich mehr mit dem Fortgang ihrer Arbeit beschäftigt als mit ihrem Sohn oder der Sorge, die Unterhaltung in Gang zu bringen. Ab und zu unterbrach sie ihre Träumerei, um ihren unergründlichen Blick über uns schweifen zu lassen, ein Blick, dem ich auszuweichen versuchte. Ich stellte fest, dass ich nur darauf wartete, mit Iannis wieder allein zu sein, der mir weniger Unbehagen bereitete als seine Mutter.

Das Wetter war ungemütlich. Himmel und Meer verschmolzen ununterscheidbar zu einer einzigen grauen Masse, der fröstelnde, sich duckende Badeort schien auf bessere Tage zu warten, doch solange der Regen sich zurückhielt, konnten wir uns vornehmen, den Nachmittag am Strand zu verbringen. Helena zog sich mit einer Tasse Kaffee in der Hand zurück, und ich schlug Iannis vor, mir auf die Mole zu folgen.

Ohne Sonnenschirme, ohne die bunten Badetücher der zahllosen Badenden kam mir der Strand riesig vor. Zum ersten Mal sah ich ihn im Herbst, und der Herbstwind, der das trockene Gras aufrichtete, ließ den Sand aussehen wie Gänsehaut. Iannis hatte es sich bereits am Wasser bequem gemacht. In der Hocke spielte er wie ein Kleinkind mit einem Eimer, den er füllte, um ihn sogleich wieder auszuleeren. Ich begriff, dass ihn diese Tätigkeit den ganzen Nachmittag über beschäftigen konnte, deshalb holte ich aus meiner Tasche das Buch, das ich mitgenommen hatte: Einmal mehr würde Rimbaud mir Gesellschaft leisten. Ab und zu hob ich die Augen und sah in die menschenleere Weite hinaus, in der es weit und breit kein Hindernis gab, das sich dem Blick zum Horizont in den Weg gestellt hätte.

Zehn Jahre zuvor gehörte ich zu der fröhlichen Kinderschar, die hier spielte und sich vergnügte. Verbunden durch regelmäßige Aufenthalte, zusammengeschweißt von Erinnerungen, die bis in ihre früheste Kindheit zurückreichten, glaubten alle, sie seien hier geboren, und teilten das Gefühl, sich seit jeher zu kennen. Ich fühlte mich nicht richtig zugehörig, und auch wenn ich bisweilen an ihren Vergnügungen teilnahm, blieb ich doch meistens Zuschauer und hatte ein Buch auf den Knien. Die Füße im Sand vergraben, betrachtete ich von Weitem, wie sie auf dem Kies um die Wette liefen, und ihre Rufe mischten sich unter die Stimmen meiner Helden auf dem Papier.

Die Saison begann, wenn die von der Feuchtigkeit aufgequollenen Fensterläden den Geruch der im Winter sich selbst überlassenen Villen ausdünsteten, eine Reihe von Fassaden, die vom Salz zernagt und von den braunen Rinnsalen des Spritzwassers gezeichnet waren. Kaum war ich aus dem Auto meiner Eltern gestiegen, rannte ich davon über die geschotterte Allee, die vom Hôtel des Flots zur Mole führte, um das Meer zu sehen und mich am Jodduft zu berauschen.

Statt mit den anderen Kindern zu spielen, betrachtete ich lieber die schwarzen Tangbündel, die von der Flut angespült wurden, die tiefen Wolken, die über die Wellen jagten, das Ballett der Möwen über der grauen See. Zwei Monate im Jahr richtete ich mich in dieser melancholischen Stimmung so behaglich ein, dass ich Ende des Sommers tief betrübt war, wenn meine Eltern den Kofferraum des Wagens beluden. Die Erwachsenen taten ganz weltgewandt, waren schon wieder bei ihren beruflichen Sorgen, gleichgültig gegenüber den Menschen, von denen sie Abschied nahmen, jenen Bekannten, von denen sie nichts wussten.

Im Auto auf der Rückbank schwieg ich, während ich auf dem nassen Strand, im salzigen Schatten der Badekabinen jenen Teil von mir zurückließ, der in den Böen des Winters verschwinden würde.

Um die Eintönigkeit seiner Umfüllaktion zu unterbrechen, schlug ich Iannis vor, mich bei einem Spaziergang entlang des Meeres zu begleiten. Er folgte mir, ohne sich von seinem Eimer zu trennen. Die See spuckte weißen Schaum auf die Kiesel und fegte in gleichmäßigen Abständen über den blassen, von Moos überzogenen Küstenstreifen.

Wir standen vor der grauen, sich kräuselnden Wasserfläche, während Geschwader von Möwen über unseren Köpfen kreisten, den Himmel mit ihrem Klageruf füllten. Ich fand den Zauber und die Melancholie, die meine Kindheit gewiegt hatten, unbeschadet wieder. Iannis' Augen hatten die Farbe der Wolken angenommen und betrachteten eine unerreichbare Welt weit hinter dem Horizont. Gerührt von diesem Anblick, ertappte ich mich dabei, wie ich zu meinem Begleiter sprach, beflügelt von einem Schweigen, das mich anscheinend aufforderte, meine Erinnerungen wachzurufen. Ohne mich darum zu kümmern, wie viel er davon begreifen würde, begann ich, ihm von meinen früheren Ferien hier zu erzählen. Ich beschrieb ihm Antoine, der ihm so ähnelte. Ich erzählte ihm, dass mein Freund und ich in dem vom Meer zurückgeworfenen Strandgut alles auflasen, was unsere Sammlung von Kaurimuscheln bereicherte, jenen kleinen, zarten Schneckenhäusern, aus denen wir Armbänder machten. Doch das Wertvollste unter unseren Fundstücken blieb immer ein Rätsel, denn niemand in Horville konnte uns erklären, woher es kam. Freilich kannten alle, die mit diesem Küstenstreifen vertraut waren, die hier am Strand zurückgelassenen Schätze. Wenn die Ebbe kam, hatten die Kinder ihren Spaß dabei, zwischen den Algen und den leeren Muschelschalen nach diesen Relikten von der Landung der Alliierten zu suchen. Die einen, harte bernsteinfarbene Stängel, die wie getrocknete Algen aussahen, waren häufiger, die anderen, kleine tiefschwarze Röhren, die an den Enden kleine Löcher hatten, waren schwieriger ausfindig zu machen, und es war immer ein Triumph, wenn man eine dieser Geschosshülsen fand.

»Lunte und Salzstreuer«, so hatte Antoine diese Fundstücke getauft, die, wenn man sie anzündete, mit dem Pfeifen eines bengalischen Feuers verbrannten. Jeden Tag wurde eine Menge dieser geheimnisvollen Gegenstände an Land gespült, und mein Freund war überzeugt, dass dieses unerschöpfliche Manna, das die Flut auf den Strand warf, im letzten Krieg als Zündstoff für die Geschosse gedient hatte, die vor mehr als einem Jahrzehnt im Meer untergegangen waren.

Ob man heute noch welche finden würde? Ich schlug Iannis vor, mit mir zusammen den Teppich aus zerbrochenen Muschelschalen durchzukämmen, in der Hoffnung, eines dieser Relikte zu entdecken. Wenig später bückte er sich nicht weit entfernt von mir, um mit den Fingerspitzen zerstreut im Sand zu rühren, während er den Blick auf den Himmel richtete. Nachdem ich ein paar Meter Muschelschalen umgedreht hatte, stieß ich einen Freudenschrei aus, denn ich hatte eine Lunte entdeckt. Hart, bernsteinfarben, genau wie in meiner Erinnerung, wartete sie in einem Algennest darauf, von mir gefunden zu werden. Ich zeigte sie Iannis, der ihr keine Beachtung zu schenken schien, und kündigte ihm an, dass wir sie nach unserer Rückkehr anzünden würden.

In meiner kindlichen Freude darüber, wie früher den Sand abzusuchen, hatte ich die Uhrzeit aus den Augen verloren, und jetzt war es Zeit, in die Villa zurückzukehren. Wir stiegen die Treppen zur Mole hinauf, Iannis klammerte sich an seinen Eimer, und ich schloss die Hand über der Lunte, die wir am Strand gefunden hatten.

Aus dem Wohnzimmer schlug uns leise das Klappern der Remington entgegen. Helena wollte wissen, ob unser Nachmittag gut verlaufen sei, dann vertiefte sie sich wieder in ihre Tätigkeit, ohne sich weiter um uns zu kümmern.

Im Zimmer half ich Iannis, sich umzuziehen; er gehorchte, ohne zu jammern, und versuchte nicht, sich zu beißen, wie sonst immer, wenn man eine Forderung an ihn stellte; doch ich bemerkte, dass er sich nur einer Hand bediente, die andere blieb hartnäckig geschlossen. Seine Mutter hatte mich gewarnt: Er neige dazu, Essen zu stibitzen, Kuchenstücke, Bonbons, die er anschließend unter sein Kopfkissen legte, wo man sie morgens schmutzig oder zerdrückt finden würde, wenn sie nicht gar in seinem Haar klebten. Ich ging zu ihm und bat ihn, mir zu zeigen, was er verbarg. Als ich versuchte, seine Finger aufzubiegen, leistete er Widerstand, begann sich zu wiegen, gab dann aber nach und öffnete die Hand, um ihren Inhalt in meine zu legen. In meiner feuchten Handfläche, vermischt mit Sand, schimmerte ein kleines schwarzes Röhrchen, das von winzigen Öffnungen durchbohrt war: ein Salzstreuer, der seltenste Schatz meiner Kindheit.

Warum habe ich dieses Erlebnis lieber für mich behalten? Warum habe ich mich damit begnügt, Iannis zum Dank für das wertvolle Geschenk, das er mir soeben gemacht hatte, in die Arme zu schließen, statt sogleich ins Erdgeschoss zu laufen und seiner Mutter zu erzählen, was geschehen war? Vielleicht aufgrund eines Zweifels, immerhin bestand die Möglichkeit eines Zufalls, es war zwar unwahrscheinlich, aber ein Zufall würde erklären, warum dieses Fundstück in einer blindlings eingesammelten Handvoll Sand lag. Das wäre wahrscheinlich Helenas Antwort gewesen, und ich hatte keine Lust, das ironische Blitzen hinzunehmen, das zweifellos in ihren Augen geglänzt hätte.

Doch ich musste mir eingestehen, dass mein Schweigen eine Art Pakt zwischen Iannis und mir besiegelte. Trotz seiner Augen, die sich nie auf etwas Bestimmtes richteten, trotz seiner mechanischen Armbewegungen hatte ihn meine Erzählung erreicht: meine Ferien in der Kindheit, der Strand, Antoine, die Lunten und die Salzstreuer. Ich wollte glauben, dass meine Gefühlsregungen ihn ergriffen hatten und er aufgrund einer außergewöhnlichen Wahrnehmungsfähigkeit einen jener Schätze von damals im feuchten Sand ausfindig machen konnte, der meinem Blick entgangen war.

Ich war kaum angekommen, und schon war mein Bild von diesem Jungen erschüttert, waren meine Vorurteile hinweggefegt worden. Sogar meinen Gesten, die zärtlicher, umsichtiger geworden waren, konnte man es anmerken. Iannis dagegen hatte nichts an seinem Verhalten geändert, er überließ mir seine Finger, doch sein abwesender Blick irrte weiterhin umher, ohne meinem je zu begegnen.

Bevor ich ihm half, in den Pyjama zu schlüpfen, begleitete ich ihn zur Toilette. Er schnappte meine Hand, führte mich bis zur Kloschüssel, öffnete den Deckel. Ich hatte den Gedanken aus meinem Kopf verbannt, dass meine Aufgabe so weit ging, Iannis bei so intimen Verrichtungen zu begleiten. Nie zuvor war ich einer solchen Nähe ausgesetzt gewesen, und da mir dabei unwohl war, wanderten meine Blicke zum Badezimmerfenster hinaus, während ich wartete, dass er fertig würde.

In Horville, als ich noch sehr klein war, glaubte ich eines Tages, die Antwort gefunden zu haben auf die Fragen, die ich mir zu den mysteriösen Vorgängen rund ums Kinderkriegen stellte. Was ich auf der Toilette im Hotel loswerden musste, wurde ein kleines Wesen, das sich sanft von mir löste, in einer Art Anstrengung und Freude. Ich kam zu der Überzeugung: So war es, wenn Mütter gebären.

Plötzlich drückte seine Hand meine so sehr, dass ich mich vor Schmerz nach ihm umwandte. Auf seinem bis dahin reglosen Gesicht hatten sich alle Anzeichen totaler Panik versammelt, sein Stöhnen war zu einem schrillen Schrei geworden. Er sprang vom Sitz auf, drehte sich um und wollte mit der Hand in die Kloschüssel eintauchen. Es gelang mir, ihn davon abzuhalten, doch es verblüffte mich, dass ich seine Geste sofort verstanden hatte, obgleich sie verrückt schien: Ein Teil von ihm würde in der Kanalisation verschwinden, diese Katastrophe musste er um jeden Preis verhindern. Um ihn zu beruhigen, legte ich meine Hand sanft an seinen Hinterkopf, drückte seine Stirn gegen meine Schulter und redete leise, beschwichtigend auf ihn ein. Wir werden die Spülung nicht betätigen, versprochen.

In diesem Augenblick spürte ich, dass ein Blick auf meinen Schultern lag. Helena lehnte am Türrahmen, eine Zigarette in der Hand, und betrachtete die Szene.

»Seit einer Woche ist er nicht auf dem Klo gewesen, bravo, Louis! Jetzt wissen Sie auch, was Ihnen jedes Mal blüht. Sie werden sich daran gewöhnen. Sie werden sehen, bei Iannis gewöhnt man sich an alles!«

Kein Zweifel, sie hatte darauf verzichtet, mich zu warnen, um zu testen, ob ich der Situation gewachsen war. Und aus ihrer Bemerkung schloss ich, dass ich den Beweis erbracht hatte. Ein Schatten in ihren Augen gab mir allerdings das Gefühl, dass sie nicht nur Zufriedenheit darüber empfand.

Vor dem Abendessen erfüllte ich mein Versprechen. Ich nahm den Jungen mit in den Kräutergarten, der sich an die Veranda anschloss; ich schüttete ein wenig Sand in einen

Teller und steckte die gelbe Stange und den kleinen schwarzen Zylinder hinein wie zwei Kerzen auf einen Kuchen. Ich brauchte nur noch ein Streichholz an meinen Aufbau zu halten, schon entzündete sich der Miniaturstrand mit einem durchdringenden Pfeifen. Iannis starrte anfangs wortlos auf den Teller, dann sprang er mit einem Satz zurück. Der Knall und die Funken hatten ihn so entsetzt, dass er mit einem gellenden Aufschrei in die Küche floh.

Beim Anblick der gelben Flammen fielen mir plötzlich Bilder und Gerüche ein. Allein im Garten zurückgeblieben, fragte ich mich, welchen Geburtstag ich mit diesen seltsamen Kerzen hatte feiern wollen.

Die nächsten Tage folgten dem Ablauf, den Iannis' Mutter vorgegeben hatte. Unsere Wege beschränkten sich auf das Haus, den Lebensmittelladen und den Strand. Wenn sich ein schüchterner Sonnenstrahl durch die Wolkendecke wagte, begleitete uns Helena. An einem Haken am Eingang hatte sie den Schlüssel zur Strandkabine gefunden; ein Croquet-Spiel, Bälle und drei oder vier Liegestühle warteten dort auf die Rückkehr des Sommers. Helena saß gern auf der Schwelle, während ihr Sohn und ich den Strand auf und ab spazierten. Immer kurz davor zu fallen, tippte Iannis den Sand an und ließ unter seinen Füßen kleine Staubwölkchen aufsteigen, so dass es aussah, als schwebte er auf ihnen. Mit einem Heft auf den Knien und der Zigarette zwischen den Lippen sah uns seine Mutter zerstreut zu, dann füllte sie mit ihrer zierlichen Schrift Seiten, die sie am Abend in ihre Remington tippen würde. Um das Erlebnis zu wiederholen, hatte ich mehrfach versucht, Iannis zu bewegen, mit mir nach meinen Schätzen zu suchen, doch er wollte nicht mehr weiter bis zu dem Streifen aus Kieselsteinen und zerbrochenen Muschelschalen, auf dem die Wellen gerade verebbt waren. Der Salzstreuer war vielleicht ein zufälliger Fund gewesen, und nur meine entflammte Fantasie hatte darin eine absichtsvolle Handlung sehen wollen.

Zu diesem Zeitpunkt verspürte ich kein Bedürfnis, meine Streifzüge mit dem Jungen über diesen festgelegten Kreis hinaus auszudehnen. In ein paar Tagen würde ich ihm sicher andere Plätze zeigen, eine Verabredung, die ich fortwährend auf den nächsten Tag verschob. Doch mir standen andere Begegnungen mit Iannis' Sonderbarkeit bevor, die sich nicht aufschieben ließen.

Im gleichförmigen Gang der Tage verlor ich jedes Zeitgefühl. Wie lange war ich schon in Horville? Ich hätte Mühe gehabt, es genau zu sagen.

Der Nachmittag, den wir am Strand zugebracht hatten, unterschied sich durch kein besonderes Vorkommnis von den vorausgegangenen; Flauberts *Erziehung der Gefühle* auf den Knien, war ich wieder einmal Frédéric gefolgt bei seinen Bemühungen, die Liebe Marie Arnoux' zu erringen, während Iannis im Sand spielte. Abends hatte sich Helena wie gewöhnlich mit ihrem Abendessen zurückgezogen. Kurze Zeit später hörte man im Wohnzimmer das Hämmern auf den Tasten ihrer Schreibmaschine, während ich mich um unser Abendessen kümmerte. Um Iannis in der Zwischenzeit zu beschäftigen, hatte ich Wasserfarben, einen Pinsel und Papier auf dem Tisch im Esszimmer bereitgelegt. Interessiert nahm er das Angebot an und brachte einige Striche zu Papier. Als ich durch die Küchentür einen Blick auf ihn warf, bemerkte ich von Weitem, dass sich das Papier mit bunten Zeichen füllte; froh darüber, dass er den Zeitvertreib nicht von sich gewiesen hatte, sagte ich ihm, dass ich es kaum erwarten könne, sein Werk zu betrachten. Ich wusch mir rasch die Hände, dann kehrte ich zu ihm ins Esszimmer zurück: In wenigen Sekunden hatte er das Blatt, über das er sich beugte, mit einer schwarzen Farbschicht übermalt. Jede Spur von Farbe war verschwunden, wie von einer dicken Bitumenschicht verschluckt.

Iannis ließ sich von mir an die Hand nehmen und in die Küche führen. Ich hatte mich an diesem Tag entschlossen, zum Abendessen Fleisch zu kaufen, und forderte ihn auf, mit dem Essen zu beginnen. Angesichts seines entsetzten Blickes begriff ich meinen Irrtum, doch es war zu spät: Iannis schien die Überreste eines toten Tiers zu betrachten, das in seinem Blut schwamm. Ich wappnete mich schon für einen Anfall, als er, zweifellos um mir eine Freude zu machen, sein Messer in die Hand nahm und sich anschickte, das Fleisch zu schneiden, wobei ihm jedes Mal, wenn er die Klinge auf das rosige Fleisch setzte, ein gellender Schmerzensschrei entfuhr. Wie versteinert sah ich ihm zu und konnte mich nicht rühren: Iannis zerstückelte sich selbst vor meinen Augen.

Als ich mich wieder fasste, stürzte ich zu ihm, um ihn von seinem Teller zu befreien. Absätze klapperten, und Helena stand mit Funken sprühenden Augen in der Küche. Wütend betrachtete sie den Tisch.

»Kein Fleisch, Louis! Nie! Haben Sie mich verstanden? Glauben Sie etwa, ich bitte Sie aus Fantasielosigkeit, jeden Tag dasselbe einzukaufen? Ich bitte Sie, keine Initiativen dieser Art, tun Sie einfach, was man Ihnen sagt, damit ersparen Sie uns eine Menge Probleme!«

Ohne mir Zeit zu einer Erwiderung zu geben, machte sie auf dem Absatz kehrt und ging zurück ins Wohnzimmer. Ich hörte ihr Feuerzeug klicken, doch das Rattern der Tasten unter ihren Fingern blieb aus. Sie hatte Iannis, der den Kopf zwischen die Hände presste und dabei vor und zurück wippte, mit keiner Geste, keinem tröstenden Wort beachtet, sondern nur ihre Wut an mir ausgelassen.

Tun Sie einfach, was man Ihnen sagt! … Ebenfalls wütend schluckte ich alle die Erwiderungen, die mir in den Kopf kamen, und schloss Iannis' Hände in meine. Sie krallten sich fest, bohrten sich mit den Fingernägeln in meine Handflächen. Warum hatte Helena mich nicht vorgewarnt, und warum war ihr Verhalten jetzt so anders? Ich konnte mich des Gedankens nicht erwehren, dass sie mich erneut auf die Probe gestellt hatte. Tief in ihren vor Wut noch dunkleren Augen hatte ich einen winzigen Funken der Zufriedenheit leuchten sehen: dass sie mich bei einem Fehler ertappt hatte.

»Kommen Sie zu mir ins Wohnzimmer, wenn Sie Iannis zu Bett gebracht haben!«

Obwohl Helenas Stimme wieder milder klang, machte ich mir Sorgen, ob sie mir nach dem Zwischenfall beim Abendessen nicht kündigen würde. Die Stadt zu verlassen, meine Erinnerungen unter dem Strand von Horville zurückzulassen, das alles hätte sicher eine Last von mir genommen. Viel schwieriger schien es mir dagegen, mich von Iannis zu verabschieden, so dass ich mit pochendem Herzen die Treppe hinunterstieg.

Auf dem Couchtisch standen zwei Gläser bereit. Ich nahm die Zigarette, die Helena mir anbot, und konzentrierte mich auf die Rauchspiralen. Ich wartete darauf, dass sie die Initiative ergriff und das Schweigen beendete.

»Die Tage vergehen schnell, nicht wahr? Ist Iannis sehr anstrengend für Sie?«, fragte sie nach einigen Minuten.

Ihre Stimme war wieder ruhig, freundschaftlich geworden, es war klar, dass sie nicht auf den Vorfall zurückkommen würde. Ich versicherte ihr, dass mir die Tage mit ihrem

Sohn viel gaben und dass er unvermutete Fähigkeiten an den Tag legte. Immer bemüht, meine Beziehung zu Iannis zu bewahren, wurde ich lieber nicht deutlicher. Sie fragte nicht nach Einzelheiten, doch sie stieß ein leises Lachen aus, das wie immer in einen Hustenanfall mündete.

»Ich meine fast, ich höre die Erzieher sprechen, die sich in der Tagesklinik um ihn kümmerten! Sie waren besonders talentiert darin, alles ›positiv‹ zu sehen, wie man so sagt! Fähigkeiten, gewiss …, aber wenn Sie immer mit ihm zusammenleben würden, wären Sie ebenso erschöpft davon, diese Fähigkeiten zu erahnen, wie ich!«

Ohne mich aus den Augen zu lassen, führte sie ihr Glas mit jenem eindringlichen Blick an die Lippen, der mich einmal mehr in Verlegenheit brachte. Mit diesem tiefen Blick fügte sie hinzu:

»Sein Vater glaubt schon lange nicht mehr daran, ich habe versucht, mich nicht von seinem Pessimismus anstecken zu lassen, doch jetzt denke ich, es ist umsonst.«

Ihr Gesicht sah mitgenommen aus, ich dachte, jetzt bricht sie gleich zusammen, und protestierte aus Prinzip, gab ein paar Banalitäten von mir über die Hoffnung, die man niemals aufgeben sollte, aber sie fiel mir ins Wort:

»Sechzehn Jahre! Er ist sechzehn Jahre alt, er spricht nicht, er liest nicht, er schreibt nicht, manchmal passiert es noch, dass er sich einnässt, und Sie erzählen mir etwas von Hoffnung!«

Nur der Schmerz, den sie angesichts eines so rätselhaften Sohnes empfand, konnte diese Heftigkeit erklären. Sie goss sich noch einmal Calvados ins Glas.

»Sie sind kaum eine Woche hier und haben ihn offenbar bereits ins Herz geschlossen. Was interessiert Sie so an meinem Sohn?«

Mehr als eine Antwort erwartete sie, dass ich ein neues Licht auf diesen seltsamen Jugendlichen warf, der ihr Leben teilte. Unter dem Einfluss des Alkohols preschte ich vor, ohne mich um die Reaktion zu kümmern, die ich auslösen könnte, und nahm mir heraus, ihr zu sagen, dass ihr Sohn unsere geheimsten Gedanken mitbekomme, dass er unsere Gefühle und unsere Ängste aufsauge wie ein Schwamm. Ich hatte nicht groß darüber nachgedacht, hatte mich spontan zu dieser Feststellung hinreißen lassen, provoziert von der ängstlichen Erwartung, die ich bei Helena gespürt hatte. Zu mir gebeugt, hörte sie mir aufmerksam zu, dann atmete sie einen langen Rauchschwaden aus wie einen endlosen Seufzer:

»Als ich vor einigen Jahren an Depressionen litt, wurde er krank, richtig krank …, so krank, dass ich glaubte, ich würde ihn verlieren.«

Sie hatte die letzten Worte für sich selbst gesagt. Sie hatte aufgehört, mich mit ihrem Blick zu fixieren, stattdessen ließ sie ihn wie ihr Sohn über mich hinweg durch die Dunkelheit wandern, die uns umgab.

Es war das erste Mal, dass wir uns so vertraulich unterhielten. Die greifbare Spannung, die im Zimmer lag, hatte nachgelassen, Helenas Schultern waren locker geworden, mit dem Rücken ans Sofa gelehnt saß sie zwanglos da. Neugierig, ein wenig mehr über ihre Beziehung zu ihrem Sohn zu erfahren, fragte ich sie, was sie besonders an ihm mochte.

»Seine Schönheit.«

Sie hatte nicht gezögert, und ihr verlorener Blick bekam wieder Glanz.

»Und Sie?«, fragte sie in fast fröhlichem Tonfall zurück.

Ich erwiderte, es sei die Klarsicht von Iannis, die mich am meisten berührte. Ich hätte nicht sagen können, warum ich dieses Wort verwendet hatte. *Klarsicht* – ich war mir sicher, eine treffendere Bezeichnung hätte ich nicht finden können.

»Und was mögen Sie am wenigsten?«, hakte sie mit einem Anflug von Ironie nach, als spielten wir plötzlich am Ende eines Ferientags eine Art Personenraten. Ich brauchte nicht nachzudenken: Was ich bei Iannis am schwersten ertrug, war sein Leiden. Sie nickte zustimmend, und während sie sich erhob, um sich zurückzuziehen, fügte sie, den Blick auf mich gerichtet, mit einem angedeuteten Lächeln hinzu:

»Bei mir ist es sein Geruch.«

Und in der Dunkelheit des Flurs, oben auf der Treppe, bevor sie sich in ihr Zimmer zurückzog, warf sie mir im Umdrehen noch zu:

»Ganz anders als Ihrer, junger Mann, der ist sehr angenehm.«

Mit dem Glas in der Hand blieb ich noch eine Weile im Wohnzimmer. Ich zündete mir eine Zigarette aus dem Päckchen an, das auf dem Couchtisch liegen geblieben war. Über mir hörte ich einige Augenblicke lang Schritte, dann breitete sich nächtliche Stille im Haus aus. Ich dachte über Helenas Worte nach. Ihr letzter Satz hatte mich verwirrt und einen Wandel in unserer Beziehung angedeutet, der mich eher erschreckte, als dass er mich reizte. Was den beißenden Geruch anging, der tatsächlich manchmal von Iannis ausging, stellte ich fest, dass ich darauf nicht besonders geachtet hatte.

Eine Erinnerung stieg in mir auf. An einem Julimorgen hatte sich eine Tragödie am Strand ereignet. Eine kleine Menge Badender hatte sich versammelt und starrte auf einen Punkt am Horizont. Ganz wie in dieser toten Nachsaison flossen Meer und Himmel ineinander. Eine kühle Brise plusterte die Sonnenschirme auf, und nur ein roter Fleck fern am Horizont verlieh der Landschaft ihre wahren Proportionen. Auf der Mole beobachtete ich mit anderen Kindern vom Club des Goélands das Ruderboot der Rettungswacht, das auf ein schwimmendes Etwas zusteuerte: ein kleines Schlauchboot, das, vom ablandigen Wind hinausgetrieben, immer kleiner wurde. Lange hatte mich dieser Anblick heimgesucht, und in den Nächten, die diesem Unglück folgten, hätte ich gerne die Schreie der Frau vergessen, die von den Schaulustigen am Strand gestützt wurde und ständig versuchte, sich loszureißen, um mit ausgebreiteten Armen ins Meer zu laufen.

Starr vor mich hinblickend, flüchtete ich vor dem Getöse: vor den quietschenden Reifen, gefolgt von den Beschimpfungen des Fahrers. Ich hielt meine Gummisandalen in der Hand, sie waren noch voller Sand. Der Asphalt brannte unter meinen Füßen, das Einzige, worauf ich beim Rennen geachtet hatte. Wie angewurzelt stand ich mitten auf der Straße und begriff kaum, was mir soeben beinahe zugestoßen wäre: Meine zitternden Knie berührten den Kühler eines Sportwagens, dessen Fahrer mich anbrüllte und beschimpfte. Den Blicken der Hotelgäste ausweichend, die auf der Terrasse bei Tisch saßen, ging ich mit weichen Knien, das Geschrei des Fahrers im Rücken, unbeirrt weiter. Als ich außer Sicht war, sank ich an einer Gartenmauer zusammen. Beinahe wäre ich gestorben …

Nach der Tragödie am Strand war ich auf die Straße gelaufen, ohne auf den Verkehr zu achten, und dabei fast vor die Stoßstange des Wagens gelaufen, der mit hoher Geschwindigkeit am Hotel vorbeifuhr. Obwohl mich meine Eltern gewarnt hatten und ich wusste, dass diese Straße in der Ferienzeit stark befahren war, hatte ich sie achtlos überquert, weil ich nur an den blau angelaufenen Körper des kleinen Schiffbrüchigen dachte, der aus seinem roten Schlauchboot gefallen war.

An der Gartenmauer sitzend, stellte ich dann mit Entsetzen fest, dass sich in der Aufregung meine Blase geleert hatte. Ein nicht zu verbergender Fleck breitete sich auf meiner kurzen Hose aus, und von den Achseln ausgehend bedeckte kalter Schweiß meinen ganzen Leib. Um keinen Blicken zu begegnen, war ich durch den Garten ins Hotel zurückgekehrt, und ich beeilte mich, unter die Dusche zu kommen, um den unerträglichen Geruch loszuwerden, den ich allmählich verbreitete.

Diesen beißenden Geruch erkannte ich jetzt bei Iannis wieder, bei jedem seiner Anfälle: Es war der Geruch der Angst.

Ein feierlicher Zug von Schatten verteilte sich über den ganzen Strand. Alle wollten mich besuchen. Am Rand der Mole sitzend, glaubte ich, einige Gesichter zu erkennen. Die undeutliche Gestalt eines kleinen Jungen zerriss den Nebel, kam auf mich zu und bat mich mit einem Finger auf den Lippen zu schweigen. Und plötzlich bekam ich aus heiterem Himmel eine Ohrfeige, wie ein Prankenhieb, so dass ich mir die Backe hielt. Schneidend scharfe Glimmerkörnchen, die ein jäher Windstoß mir ins Gesicht schleuderte, hatten mir die Haut aufgeschürft. Der Tanggeruch strömte über mich, wurde immer stärker, bis die Luft nicht mehr einzuatmen war.

Mit Brechreiz schreckte ich in meinem Zimmer hoch. Es war dunkel. Der Übelkeit erregende Gestank, der mich geweckt hatte, breitete sich im Raum aus. Ich sprang aus dem Bett, um in Iannis' Zimmer zu eilen, und ich meinte, gleich in Ohnmacht zu fallen, als ich die Tür öffnete. Er saß nackt in einem Knäuel aus beschmutzter Bettwäsche und bestrich sich mit einer braunen Masse. Mir fiel die Farbschicht ein, mit der er am Abend zuvor sein Bild zugedeckt hatte. Mir war übel, als ich mich ihm näherte, um dieses Elend zu beenden. Er drehte sich mir zu, stand auf und versuchte mit ausgestreckten Händen mich zu berühren. Die Vorstellung, seine schmierigen Hände tasteten über mein Gesicht, ließ mich vor Ekel aufschreien.

Das war zu viel. Ohne Rücksicht auf sein Stöhnen packte ich ihn am Handgelenk, um ihn ins Badezimmer zu ziehen und unter die Dusche zu stecken: Unter dem Wasser, das aus dem Duschkopf spritzte, krümmte er sich, als würde man ihn mit Säure übergießen. Seine Mutter hatte recht, es war eine echte Marter für ihn, aber jetzt einen Rückzieher zu machen, kam nicht in Frage. Ich hielt ihn im Duschbecken fest, übergoss ihn mit Flüssigseife, bis die letzten Rinnsale bräunlichen Wassers vom Abfluss geschluckt waren. Da ich ihn nicht allein im Badezimmer lassen konnte und um an mir ebenfalls jede Spur zu beseitigen, entledigte ich mich meiner Unterhose und stellte mich zu ihm unter die Dusche.

Beide nackt, das Haar am Schädel klebend und unter einem Wasserstrahl schlotternd, den zu stoppen, ich mich nicht entschließen konnte, müssen wir einen Anblick geboten haben, der pathetischer nicht hätte sein können. Keine zehn Tage zuvor schleppte ich mich noch gelangweilt durch die Flure einer Fakultät, und jetzt watete ich im kalten Wasser einer Duschwanne zusammen mit einem brüllenden, von Fäkalien verschmierten Heranwachsenden. Als Reaktion auf die Unerträglichkeit dieser Szene fühlte ich ein irres Lachen in mir aufsteigen, das mit einem Tränenausbruch endete. Zusammengesunken, schluchzend musste ich meine ganze Kraft aufbieten, um dem Wunsch zu widerstehen, aus der Dusche zu springen, meine Reisetasche zu schnappen, meine Sachen reinzuwerfen und Reißaus zu nehmen. Von meiner Reaktion überrascht, hörte Iannis auf zu weinen, sein Blick senkte sich in meinen, und zum ersten Mal seit meiner Ankunft sahen wir uns einige Sekunden lang, die mir wie eine Ewigkeit vorkamen, wirklich gegenseitig an.

Ich trocknete ihn ab, bevor ich mich selbst mit einem sauberen Handtuch abrieb, dann stopfte ich sein Bettzeug in die Waschmaschine, überzog das Bett neu, legte ihn ins Bett, zwang mich, ruhig mit ihm zu sprechen, bis er in den Schlaf fiel. Mein Herz zersprang schier. Es kam nicht in Frage auch nur eine Sekunde länger in diesem Zimmer zu bleiben, in dem noch immer der Geruch hing, der mich geweckt hatte. Ich riss das Fenster auf, dann stürzte ich die Treppe hinunter. Ich wunderte mich, dass der Krach Helena nicht aus dem Schlaf gerissen hatte. Ich verließ meinen Posten, schlüpfte in meinen Mantel, trat aus der Tür und eilte davon, um die saubere Luft auf der Mole zu atmen.

So trübselig, wie die letzten Jahre für mich verlaufen waren, befürchtete ich, aufgrund der vielen widersprüchlichen Gefühle und erschütternden Ereignisse Schiffbruch zu erleiden. Zu meinem großen Erstaunen hatte Iannis' irrsinniges Verhalten nicht verhindert, dass ich Zuneigung zu ihm fasste, selbst nach dieser überaus heiklen Nacht. Ihre zuletzt geäußerten Worte eröffneten mir ein Verhältnis zu Helena, das ich nicht in Betracht ziehen wollte: Ich war gewiss nicht nach Horville gekommen, um hier ein Liebesabenteuer zu erleben, erst recht nicht, um die Launen einer Frau zu befriedigen, die kein Begehren in mir weckte. Doch vor allem musste ich mich, und das ängstigte mich am meisten, mit Erinnerungen beschäftigen, die im Verborgenen geblieben waren, als wären sie in der Dunkelheit der am Meer aufgereihten Strandkabinen weggeschlossen gewesen. Die vielen Träume, die mich jede Nacht umtrieben, zeugten von ihrer Rückkehr, sie lösten sich wie Erz aus dem umgebenden Gestein, überschwemmten den Strand wie eine Springflut und setzten zum Sturm auf mein Schlafzimmer an.

Im Schein einer Straßenlaterne reglos auf der Mole sitzend, beruhigte ich mich allmählich wieder. Der tintenschwarze Himmel verbarg die Sterne, und über das Geländer hinweg hallte die Brandung leise wider. Der kühle Luftzug tat mir gut. Ich wollte im Sand gehen, steuerte deshalb das kleine Schild des Club des Goélands an, ging unter dem seiner Spielgeräte beraubten Schaukelgerüst durch, kletterte die Leiter der Rutschbahn hoch und setzte mich ganz oben hin mit Blick auf die abschüssige Bahn. In meinen Mantel gehüllt, über den Badeort wachend wie ein Türmer, muss ich einem Nachtvogel geglichen haben, der sich unter seine Flügel kauert. Von dort oben überblickte ich den ganzen Damm vom Bunker bis zu einem kleinen Park, dem Jardin de la Baleine, die gleichmäßigen Lichtkreise, die die Laternen auf den Asphalt warfen, das graue Tischtuch des Meeres, über dem in der Ferne die Lichter von Le Havre blinkten. Hinter den Schieferdächern ahnte ich den Kirchturm und die Mauern des kleinen Friedhofs, der die Kirche umgab.

Antoine und ich gingen gerne dorthin, wenn wir nichts zu tun hatten. Wir rannten die Wege entlang, stellten Vasen und Holzkreuze wieder auf, die der Wind umgeworfen hatte. Wir ordneten die Plastikblumen und bliesen den Staub von den Fotos der Verstorbenen. Aber die Gräber, vor denen wir am längsten verweilten, waren mit weißen und blassrosa Blumen geschmückt.

Wir nutzten den Fund eines aus dem Nest gefallenen Vogels, einer von einer Katze zerfleischten Maus, zu einer Feier. Wir warteten bis Sonnenuntergang und gruben hinter dem Holunderhain ein Loch, um die kleine Kreatur dort zu begraben. Eines Abends während des Begräbnisses einer Taube bekamen wir einen großen Schrecken. Wir hatten eine Reihe Lunten und Salzstreuer angezündet, um den Augenblick etwas feierlicher zu machen. Als sie abbrannten, bewegte sich die Erde plötzlich, als ob der Vogel versuchte, aus seinem Grab aufzusteigen, und wir flohen ans andere Ende des Gartens. Unsere Begräbnisfeier hatte die Ruhe eines Mäusenests gestört, und vom Zischen der Flammen erschreckt flohen die kleinen Nager.

Hinter den letzten Häusern von Horville zog sich eine schwarze Gischt hin: Der Bocage ringsum, in dem man auf Hohlwegen oder durch die im Sommerwind wogenden Weizenfelder lange Spazierfahrten mit dem Fahrrad unternehmen konnte.

Welchen Streifzug wir auch unternahmen, am Ende landeten Antoine und ich immer auf einer der großen Rasenflächen, die den Badeort umgaben. Von dicken Mauern geschützt, überragt von Sternenbannern, die im Wind schlugen, lag das saftige Grün des tadellos gemähten Rasens vor uns, von dem die weißen Kreuze abstachen, die hier aufgereiht waren, so weit das Auge reichte.

In Horville hatte es bei der Landung die heftigsten Gefechte gegeben. Die Alten erzählten uns gerne davon, Antoine und ich hörten ihnen erschüttert zu: Als die deutschen Divisionen die Alliierten unter Beschuss nahmen, färbte sich das graue Wasser, in dem wir schlotterten, purpurrot, und der Sand, in dem wir Krieg spielten, hatte das Blut dieser kaum der Kindheit entwachsenen Soldaten aufgesogen.

Als Kinder wussten wir besser als die gedankenlosen Erwachsenen, was das Nichts war: Es lag ja noch nicht lange zurück, dass wir Gestalt angenommen hatten. Wir waren ungestüm, angetrieben von jener Kraft, die unseren Gliedern Schmerzen bereitete, weil unsere Knochen sich wie die Zweige zur Sonne hin streckten. Dennoch spukte uns der Tod im Kopf herum, und wir betrachteten ihn mit der scheinbaren Gleichgültigkeit derer, die seinen Hauch schon in Nacken gespürt haben. Wir bezähmten ihn mit unseren Vogelgräbern, unseren Kreuzen aus Zweigen. Er war uns vertraut, und jede Nacht erinnerte uns daran, wenn er uns in unseren Träumen packte.

Die Kälte ließ mich langsam steif werden. Ich stieg von der Rutschbahn herunter: Iannis konnte nicht länger allein bleiben, ich musste zurück in die Villa. Sobald ich das Haus betreten hatte, spitzte ich die Ohren und lauerte auf ein Stöhnen oder ein Knarren des Parketts, doch nichts rührte sich. Die Möglichkeit, in mein Zimmer zurückzugehen, gefiel mir nicht, und der Gedanke weiterzuschlafen kam mir überhaupt nicht in den Sinn, daher ging ich über die Veranda in den Garten, der in nächtlicher Dunkelheit lag. Der Wind hatte sich gelegt, vollkommener Stille Platz gemacht. Unter meinen Schritten knirschte der Kiesweg, und ich zuckte zusammen, als ich bei der Buchseinfriedung um eine Gartenbank den rot glühenden Punkt einer Zigarette erblickte.

»Nun, Sie hatten also auch das Vergnügen?«

Helena saß auf einem der Metallstühle und hielt eine Tasse Kaffee in den Händen. Sie wusste schon Bescheid, war nicht eingeschritten, hatte aber alles mit angehört und wartete hier auf mich, als ob sie geahnt hätte, dass meine Schritte mich schließlich zu ihr führen würden.

»Die Spezialisten haben Theorien dafür parat! Wissen Sie, was sie mir zu sagen wagten, als es das erste Mal passierte? Für sie war es der größte Liebesbeweis, den mein Sohn mir geben konnte! Ich erspare Ihnen die Einzelheiten von diesem Quatsch, dass die Außenseite seines Körpers bedeckt sei mit seinem Inneren wie mit einer neuen Hülle und er den sehnlichen Wunsch habe, seine Mutter möge in dieser Kugel mit eingeschlossen sein … darin bestehe der höchste Liebesbeweis!«

Mit einem bitteren Lachen fügte sie hinzu:

»Nach diesem Vorfall werden Sie verstehen, dass es nur noch eine Lösung gab, um ruhige Nächte zu haben: ein Liter Theralene für Iannis, ein ganzes Fläschchen Valium für mich!«

Dann, ohne Überleitung:

»Ich hoffe, Sie haben die Waschmaschine angestellt?«

Sie bot mir eine Tasse Kaffee an, dann gingen wir zurück und setzten uns trotz der Kühle an den Gartentisch, als ob wir den Augenblick hinauszögern wollten, uns Iannis zu nähern.

»Ich musste mich immer allein um meinen Sohn kümmern, Sie haben es beim Zusammentreffen mit seinem Vater sicher bemerkt. Ja, natürlich, ich hatte Hilfe, Studenten wie Sie, die sich tagsüber um ihn kümmerten, aber es ging nie lange gut. Dann mussten wieder neue gesucht, wieder alles erklärt werden …, aber das Bedürfnis zu schreiben war verschwunden, ich war verdorrt … und ich verfiel in Stumpfsinn.«

Sie machte eine Pause.

»Keine Ahnung, warum, aber ich habe das Gefühl, mit Ihnen ist es anders, fast könnte man meinen, da hätten sich zwei getroffen. Vielleicht liegt es am Ort, dieser ausgestorbenen Stadt … und der Tatsache, dass ich wirklich entschlossen bin, mich nicht mehr auffressen zu lassen, so dass Iannis zweifellos die Möglichkeit hat, sich von mir zu lösen. Doch eines weiß ich sicher: Retten wird mich die Entscheidung, wieder zu schreiben, und nichts kann mich davon abbringen, nicht einmal mein Sohn.«

In der Ferne schlug der Kirchturm von Horville vier Mal. Helena stand auf, drückte ihre Zigarette aus und ging um den Tisch herum. Ich fühlte ihren Blick in meinem Rücken. Bevor sie zur Veranda ging, berührte sie meine Schulter.

»Wissen Sie, junger Mann, Sie gefallen mir.«

Wie sollte ich auf Helenas Worte reagieren, auf ihre dieses Mal unmissverständliche Einladung? Jungen in meinem Alter ging ich aus dem Weg, und mit den Mädchen lagen die Dinge nicht einfacher. Obwohl überall eine neue Atmosphäre der Freiheit herrschte, war ich sehr zaghaft geblieben. Zum Glück spielten die Mädchen, mit denen ich mich traf, noch das Spiel der Verführung, verweigerten sich, ließen sich Zeit, bevor sie erlagen, überließen mir die Initiative. Doch was tun mit einer reifen Frau, die mir nicht gefiel und die ich nicht begehrte, die mich im Gegenteil sogar ein wenig erschreckte, wenn sie so auf mich zuging und ihr Begehren ganz unverblümt ausdrückte? Laut meinen Eltern war ich vielleicht ein besonderer Junge, doch vor allem stand ich mir selbst im Weg und befand mich jetzt in der denkbar unangenehmsten Lage. Ein anderer hätte die Situation erregend gefunden, sich über den Glücksfall gefreut und Iannis' Mutter ohne Weiteres in ihrem Schlafzimmer besucht. Ein anderer, nicht ich. Was mich anging, schien mir das, was ich mit Iannis erlebt hatte, was ich seinetwegen mitgemacht hatte, leichter zu bewältigen als Helenas Annäherungsversuche.

Dieser letzte Zwischenfall sollte mir auch nicht helfen, Schlaf zu finden, ich drehte mich endlos im Bett von einer Seite auf die andere, bis die ersten Strahlen des Sonnenaufgangs durch die Fensterläden drangen. Vom Meer her wehte an diesem Morgen ein heftiger Wind, und die Fenster ächzten unter seinem Ansturm. Ein Knarren in Iannis' Zimmer kündigte an, dass er aufgewacht war. Ich stand auf, nachdem ich den Entschluss gefasst hatte, der am wenigsten Mut bedurfte, der meinen Eigenarten jedoch am meisten entgegenkam: So tun, als wäre nichts geschehen, und diese Nacht vergessen.

Ich hoffte, Helena würde es genauso machen, doch angesichts von Iannis' Verhalten stellte sich die Frage nicht mehr. Kaum war er in der Küche, stürzte er mit ausgestreckten Armen seiner Mutter entgegen. Ich dachte, ich würde zum ersten Mal seit meiner Ankunft erleben, wie er sich an sie schmiegte, doch seine Hände griffen nach dem Busen seiner Mutter, an dem er sich gierig festkrallte. Helenas Zigarette flog davon, während sie kämpfte, um sich aus dem Griff ihres Sohns zu winden. Bevor ich eingreifen konnte, gelang es ihr, Iannis mit einer heftigen Bewegung von sich zu stoßen, so dass er auf den Fliessen ausrutschte. Er lag jetzt auf dem Bauch, stöhnte zu Füßen seiner Mutter. Ich eilte zu ihm, um ihm aufzuhelfen, als er, schnell wie eine Katze, die auf ihre Beute springt, nach vorne hechtete und Helenas Beine mit seinen Armen umschloss, um schließlich seinen Mund auf den Reißverschluss ihrer Jeans zu pressen. Wir hatten selbst zu zweit Mühe, ihn zu bewegen, die Umklammerung zu lösen. Kaum hatte wir es geschafft, da ertönte eine Reihe klatschender Ohrfeigen: Iannis schlug sich selbst, wütender denn je.

Helena sank auf einen Küchenstuhl, vergrub den Kopf zwischen den Händen, und ich zog es vor, Iannis auf sein Zimmer zu bringen, damit er sich beruhigte. Auf seinem Bett sitzend, fasste er sich, sein keuchender Atem nahm nach und nach wieder einen normalen Rhythmus an, und sobald es möglich schien, überließ ich ihn für einige Augenblicke sich selbst und seinem Wippen, um in die Küche hinunterzugehen und Helena zu trösten.

Die Hälfte einer Zigarette war schon zwischen ihren Fingern heruntergebrannt. Sie hob den Kopf, und unter der Strähne, die ihr über die Stirn hing, waren die Augen gerötet.

»Ich antworte auf Ihre Frage, bevor Sie sie mir stellen: Ja, es ist das erste Mal, dass so etwas passiert ist. Ich weiß, dass Iannis keinerlei Hemmungen hat, er tut, was sein Instinkt ihm vorgibt … Aber jetzt hat er wirklich die Grenzen überschritten …«

Mit einem leisen, bitteren Lachen fügte sie hinzu:

»Keine Schranke, kein Tabu. Und ich habe mir immer eingebildet, das sei ein Vorsatz, der nur für die Literatur gilt!«

Sie schüttelte verzweifelt den Kopf und stand auf, um sich einen neuen Kaffee zu machen.

»Gehen Sie mit ihm spazieren, heute Morgen kann ich seinen Anblick nicht mehr ertragen.«

Dieser Vorfall hatte mich mehr verstört, als ich es hätte sagen können: Nur wenige Stunden, nachdem mir seine

Mutter ihr Begehren gestanden hatte, stürzte sich Iannis auf sie, als hätte er die Spannung gespürt, die zwischen uns entstanden war.

Ich hatte es eilig, ein wenig Abstand zu dem Geschehen zu bekommen. Trotz der Böen, die die Mauern der Villa soeben erschüttert hatten, beschloss ich, es sei Zeit, nach draußen zu gehen. Ich stieg hinauf zu Iannis und schlug ihm vor, sich anzuziehen: Wir würden Horville besichtigen.

Der Wind, der die Flaggen an der Mole knattern ließ, schleuderte uns Algenfasern und schneidend scharfe Sandkörner ins Gesicht. Um uns zu schützen, zog ich Iannis in eine der Gassen, die auf die Hauptstraße führten. Ich hatte es nicht dem Zufall überlassen, welche ich wählte: Es war die Passage, in der sich ein winziger Laden befand, den einer jener weißen Pater führte, die Afrika evangelisiert hatten. Sein verstaubter Vorraum war vollgestopft mit afrikanischen Kunstgegenständen, und als Kind dachte ich, dass der Missionar, sobald es Nacht war, in dem Durcheinander seiner Totems und Fetische die Hände über die hervorstehenden Hinterbacken und Brüste der Statuen wandern ließ. Mitten in dieser Rumpelkammer thronte ein zum Schirmständer umgearbeiteter Elefantenfuß, dessen lederne Haut noch mit Haaren übersät war. Warum hatte dieser alte, sanftmütige Mann eine solche Reliquie aufbewahrt? Ich stellte mir vor, wie sich die Jäger über den riesigen Kadaver beugten und den Fuß des Dickhäuters mit der Säge abtrennten.

Iannis verhielt sich wieder wie gewöhnlich, klebte an meinen Schritten wie ein Schatten, ruderte mit den Armen in der Luft und folgte mir in die Gasse, in der sich der stürmische Wind verfing. Ich erkannte sofort das Haus des weißen Paters, es sah noch genauso aus wie in meiner Erinnerung. Ein Bretterzaun verdeckte jetzt die Stelle des Ladenlokals, als läge ein Verbot über dem Ort. Ich hätte gerne ein Auge hineingeworfen und vielleicht mit einer der geheimnisvollen und bedrohlichen Masken einen Blick gewechselt.

Von den Villen am Strand abgeschirmt, schwächte sich der Wind in der Stadtmitte zur Brise ab. Die Geschäfte der Hauptstraße hatten ihre Fassaden erneuert, die Linien waren nüchterner, die Schaufenster größer. Iannis, der damit beschäftigt war, die Bewegung seiner Hände zu betrachten, als wäre zwischen der Welt und ihm eine Trennwand, schien an nichts interessiert zu sein. Das hinderte mich nicht, ihm jede Etappe unseres Weges zu erläutern und ihm in allen Einzelheiten die Erinnerungen zu erzählen, die damit verknüpft waren. Wir kamen am Rialto vorbei, dem einzigen Kino des Badeorts, auf dessen Holzsitzen unsere Hintern gelitten hatten. Nicht weit entfernt davon erkannte ich ein schmales Haus, dessen Fenster von Innenläden abgedunkelt waren. Früher waren in den Schaufenstern die Fotos des Besitzers ausgestellt gewesen. Der Admiral war eine lokale Berühmtheit. Hier sah man ihn in seinem Blazer mit goldenen Knöpfen, auf dem Kopf, vernebelt vom Rauch seiner Zigarette, eine betresste Schirmmütze. Stundenlang stand er in der Aufmachung, die er auf seinen Fotografien zur Schau trug, vor seiner Haustür und wartete auf ein Zeichen der Anerkennung durch die Passanten.

An der Ecke zur Hauptstraße zeigte der moderne Frontgiebel des Kasinos seine Voluten. Ich hatte dieses Haus immer nur geschlossen erlebt: Wie der mit Muschelwerk und Klippen durchsetzte Saut-du-Loup-Park zeugte das Gebäude von Horvilles vergangener Pracht. Iannis folgte mir wie ein Schatten, den Blick starr auf seine Finger gerichtet, und wegen seiner Ruhe dachte ich, er nehme teil an meiner Reise in die Vergangenheit. Nur der Klang unserer Schritte auf dem Asphalt unterbrach die Stille. Plötzlich wurde ich vom Lärm schnell davoneilender Schritte aufgerüttelt und drehte mich um: Von einer menschenleeren Straße angezogen, war Iannis verschwunden.

Ich rief ihn vergeblich, brüllte seinen Namen immer lauter, legte die Hände zum Schalltrichter um den Mund. Ich machte kehrt, stürzte in eine Straße, die von schlafenden Villen gesäumt wurde, wo ich ihn auch nicht fand. Meine Unruhe wurde immer größer, der Gedanke, ihn verloren zu haben, entsetzte mich, ich war mit kaltem Schweiß bedeckt. Mein Orientierungssinn ließ mich im Stich, bis ich nicht mehr wusste, zu welcher Seite das Meer lag. Eine neue Angstattacke, verbunden mit Katastrophenszenarien: Ich entdecke ihn mit seinem seltsamen Lächeln auf den Lippen in geringer Wassertiefe treibend, ein Spielball der Wellen; oder ein Auto hupt, Reifen quietschen auf dem Asphalt, dann höre ich den Aufprall eines Körpers auf der Kühlerhaube. Mehrmals ging ich an denselben Häuserfronten auf und ab, bog in dieselben Straßen ein, ohne sie wiederzuerkennen. Eine davon führte mich zur Mole, wo der Wind, der das Stadtzentrum von Horville verschonte, aus vollen Kräften blies. Ein Teil des Strands war von weißem Schaum bedeckt, in dem Algenbündel und herabgerissene Äste trieben.

Der dumpfe Aufprall der Wellen, die sich an den Stützpfeilern brachen, ließ den Boden unter meinen Füßen beben wie bei einer Springflut. Keine Menschenseele am Horizont: Das schlechte Wetter hatte die wenigen Spaziergänger davon abgehalten, sich auf die Mole zu wagen, und ich bereitete mich darauf vor, zur Villa zu laufen, um Helena zu Hilfe zu holen.

Bevor ich mich dazu entschließen konnte, versuchte ich ein letztes Mal, den Jungen zu finden, und rannte hundert Meter am Meer entlang, das Gesicht vom Sand gepeitscht, um dann wieder in die Stadt abzubiegen. Der Weg kam mir bekannt vor, und ich glaubte plötzlich, den geschotterten Untergrund wiederzuerkennen: Es war der Weg, der zum Hôtel des Flots führte.

Am Ende des Wegs hatte sich Iannis, von Weitem an seinem Wippen zu erkennen, vor dem geschlossenen schmiedeeisernen Tor aufgebaut. Hier, vor dem Hotel meiner Kindheit, sollte ich ihn also finden.

Ich legte meine Hand in die von Iannis und versuchte, wieder Atem zu schöpfen, während ich die Fassade des Hotels betrachtete. Ein großes Schild *Zu verkaufen* versperrte eines der Fenster. So verfallen, wie alles aussah, musste das Hotel schon mehrere Jahre geschlossen sein. Hinter großen Fenstern hielt der Speisesaal Winterschlaf, der Wind fegte durch ihn hindurch wie damals mitten im Sommer. Wahrscheinlich waren unter dem Glasdach die Stühle auf den Tischen gestapelt, über dem Billardtisch lag eine Husse, die Teppiche lehnten zusammengerollt an der Wand. Im ersten Stock entdeckte ich das Fenster unseres Zimmers, des Zimmers, in dem ich jedes Jahr so eng mit meiner Mutter zusammenlebte, wie es unsere Pariser Wohnung nicht zuließ.

In meinen Ferien in Horville hatte ich sie zum ersten Mal gesehen. Als sie glaubte, ich schliefe, schlüpfte sie aus dem Bett und ging in das kleine Badezimmer. Einige Sekunden lang hatte ich einen Blick auf das erhascht, was ihre braven Kleider und ihre strengen Kostüme verbargen: einen schweren Busen, ein haariges Dreieck, eine üppige Fleischlichkeit, die zu bewundern mir bis dahin nur auf Reproduktionen von Gemälden in meinem Lexikon vergönnt war. Von derselben Unruhe ergriffen wie beim Anblick jener trägen Nymphen der großen Meister, hatte ich mich unter der Bettdecke gestreichelt. Als ich wieder in den Schlaf fiel, war sie mir im Traum erschienen, in einer von Flammen umgebenen Badewanne stehend. Beim Aufwachen hatte ich die Warnung verstanden: Auf Jungen, die ein solches Begehren nach einem verbotenen Körper zuließen, wartete die Hölle.

Iannis ächzte laut, ruderte schneller mit den Armen. Sicher war Hunger der Grund für seine Unruhe: Es war tatsächlich höchste Zeit, zum Mittagessen nach Hause zurückzukehren. Doch zuvor wollte ich noch einen Blick in den Garten werfen. Die Flügel des Tores waren mit einer Kette verschlossen, ich rüttelte daran, um zu sehen, ob sie nachgaben. Mit etwas Glück würden sie sich weit genug öffnen lassen, damit ich hindurchschlüpfen konnte, doch ich fühlte mich nicht bereit, das Gelände zu erkunden. Mit der Stirn gegen die Stangen gelehnt, betrachtete ich die Pflanzenwelt, die in den Zustand der Wildnis zurückgekehrt war. Es gab mehr Bäume, und sie waren dichter belaubt als in meiner Erinnerung, aber ich konnte den aufgefüllten Brunnen erkennen, früher über und über mit Geranien bewachsen, den Rasen, auf dem die Gäste damals ihren Tee tranken und der zu einer mit Disteln gespickten Steppe geworden war. Hinter dem Haselhain, der so dicht geworden war wie ein Unterholz, ahnte ich die unter den Apfelspalieren verborgene Mauer. Die wenigen Sonnenstrahlen, die durch das Blattwerk drangen, ließen die Flaschenscherben aufblitzen, die sie krönten, doch die Stahltür, die den Zugang zu den Ruinen verwehrte, blieb unsichtbar. Mein Atem ging schneller, als ich über der Mauerkrone den verfallenen Steilhang unter der Vegetation erblickte: die Ruinen des Saut-du-Loup-Parks.

Die ältesten Bürger von Horville kannten die Geschichte des Saut-du-Loup. Der Park, im goldenen Zeitalter des Badeorts angelegt, bot Spaziergängern eine Felslandschaft mit Grotte und Wasserbecken im Stil der Belle Epoque. Bei großen Anlässen spielte ein Blasorchester im Musikpavillon. Ein Wasserfall rauschte einen Steilhang hinunter und speiste den künstlichen Bach, der sich zwischen den Beeten und Rabatten hindurchschlängelte.

Als Horvilles Glanz verblasste, wurde die Anlage aus Mangel an Pflege gefährlich. Der Badeort war Vergangenheit, die Epoche des Saut-du-Loup-Parks von einer neuen Zeit abgelöst, die Gemeinde hatte auf einem Teil des Geländes Tennisplätze gebaut, den Rest in Parzellen aufgeteilt und verkauft.

Der unfallträchtigste Teil, der zu viele Erdarbeiten erfordert hätte, war von dieser Teilung verschont geblieben. Seit mehr als einem halben Jahrhundert lag er im Schutz seiner hohen Mauern im Dornröschenschlaf, und niemand durfte ihn betreten. Nur die Kuppe des Steilhangs überragte, überwuchert von Brombeerhecken und wildem Wein, die Gartenmauer des Hotels.

Während ich Iannis auf dem Rückweg zur Villa auf der Mole, auf der alles durcheinanderwirbelte, was der Wind vom Strand fortgeweht hatte, fest an der Hand hielt, fühlte ich das Unbehagen wachsen, das der Anblick des Saut-du-Loup in mir ausgelöst hatte. Die Grenze, die mich von meinen Erinnerungen trennte, wurde immer schmaler, und meine Spannung übertrug sich wie ein elektrischer Strom auf den Jungen, dessen Hand in meiner zitterte.

Brachland, von einem Dschungel überwuchert, von dessen Erforschung wir träumten, die Überreste des Parks riefen unsere Neugier hervor. Antoines Mutter hatte uns ermahnt, es komme nicht in Frage, dass wir uns auf dieses gefährliche Gelände wagten, doch ihr Sohn hatte ein Feuerwerk an Erfindungen entfacht, um ihr wertvolle Hinweise zu entlocken: Die einstigen Besitzer hatten ihr von einem Schlüssel erzählt, mit dem sich das Metalltor aufschließen ließ, der bislang jedoch unauffindbar geblieben war. Antoine wusste, dass es in den Kellern des Hotels einen Schrank gab, der eine ganze Schlüsselsammlung beherbergte, im Wesentlichen Hauptschlüssel, die früher von den Zimmermädchen benutzt worden waren. Wir probierten sie alle, bis der Augenblick kam, als einer von ihnen sich bereitwillig im Schloss drehte. Vor uns hatte sich eine wahre Schatztruhe geöffnet.

Damit begann ein Abenteuer, das durch das Verbot noch viel spannender wurde. Um das Gelände zu erkunden, bahnten

Antoine und ich uns einen Weg durch das hohe Gras und das Dornengestrüpp, das die Wege überwucherte; zwischen den Zweigen machten wir den beschädigten Beton des künstlichen Bachlaufs ausfindig, die Brücke, die ihn überspannte, ihre Balustrade mit der in Stein gehauenen falschen Holzmaserung und die zur Hälfte mit nasser Erde gefüllten Brunnenschalen. Wir knickten die Brennnesseln zur Seite, reckten den Hals zur Kuppe des Steilhangs und zwängten uns in die mit Stalaktiten aus Beton geschmückte Grotte, die sich an seinem Fuß öffnete. So oft wie möglich machten wir uns aus dem Staub und kehrten in den Park zurück, von dem wir nun jeden Schlupfwinkel kannten. Ohne sich um die Gefahr von Steinschlag zu kümmern, hatte es Antoine, der kühner war als ich, eines Tages gewagt, das Felsgestein zu erklimmen, und mir von der Kuppe aus zugerufen, dass er hinter den Schieferdächern das Meer schimmern sehe.

Wir hatten uns geschworen, keinem Menschen von unseren Streifzügen durch den verlassenen Park zu erzählen: Dieser Ort gehörte uns. Hätte jemand erfahren, dass wir die Tür geöffnet hatten, wäre sie zugemauert worden, und das wäre ein für alle Mal das Ende unseres geheimen Gartens gewesen.

Die Angst, die mich erfasst hatte, als ich Iannis verlor, und die Unruhe, die unsere Besichtigung von Horville in mir geweckt hatte, wichen nicht so schnell von mir. Noch am Abend, beim gemeinsamen Essen, während die letzten Sturmböen gegen die Mauern der Villa klatschten, sah ich in Gedanken das Hôtel des Flots und die Kuppe des Steilhangs vor mir, der sich im Gegenlicht erhob wie ein gespenstischer, mit Brombeergestrüpp gespickter, bedrohlicher Schädel.

Iannis ließ sich ohne Schwierigkeiten ins Bett bringen, ich schloss leise die Tür, doch es war noch früh, und ich wusste, dass Helena im Salon auf mich wartete. Sollte ich mich als so feige entpuppen, mich in mein Schlafzimmer einzuschließen, um dieser Begegnung auszuweichen? Ich musste mich der Situation stellen. Aber was sollte ich ihr sagen? Dass ich keine Lust auf ein Abenteuer mit ihr hatte? Dass sie kein Begehren in mir weckte? Argumente, die eine Frau ohne zu zögern jedem Mann auftischen würde, dem sie sich entziehen will, aber im umgekehrten Fall schien mir das, auch wenn es reine Förmlichkeit wäre, nicht möglich zu sein. Das Pfeifen des Winds in den Fensterrahmen war endlich verstummt. Helena hatte sich und mir ein Glas Cognac eingeschenkt. Mit dem Rücken an die Sofakissen gelehnt, saß sie nachdenklich da und stieß lange, schwermütige Rauchschwaden aus. Sie bedeutete mir, mich neben sie zu setzen. Wie konnte ich ihre Einladung ablehnen, ohne wie eine verschüchterte Jungfer zu wirken? Aus Angst, mich lächerlich zu machen, setzte ich mich neben sie, doch es war nicht einfach, die Haltung eines Mannes, der sich verweigerte, aufrechtzuerhalten. Wortlos schob sie ihre Hand in den Ausschnitt meines Hemds und streichelte meine Brust, dann beugte sie sich über mich, und im Alkohol- und Tabakgeruch ihres warmen Atems berührten ihre brennenden Lippen meinen Hals. Stocksteif auf dem Sofa sitzend, die Hände auf den Knien, war ich mir sicher, dass sie das Flattern meines Herzschlags spürte. Mir war klar, dass die kleinste Geste, die geringste Unachtsamkeit von meiner Seite uns sogleich in ihr Schlafzimmer befördern würde, und diese Aussicht jagte mir grenzenlose Angst ein. Es war nicht so sehr die Härte dieses Gesichts noch die Sprödheit ihres Körpers, die mich lähmten – der Anblick ihrer zierlichen Hüften wie am ersten Abend, als sie vor mir die Treppe hochstieg, hätte gewiss genügt, um in mir so etwas wie Begehren wachzurufen –, es war vielmehr die verworrene Lage, die Vorstellung, mich auf eine schmutzige Geschichte einzulassen, der ich nicht gewachsen war. Und dass ich bei einer so erfahrenen Frau versagen könnte, trug in nicht unerheblichem Maße zu meiner Weigerung bei.

Ein weiterer Gedanke drängte sich mir allerdings auf,

während Helenas Hände begannen, meinen Gürtel zu öffnen: Ich würde Iannis verraten, wenn ich mit seiner Mutter schliefe. Ohne Helena und mich bei der geringsten Zärtlichkeit ertappt zu haben, würde der Junge es wissen, wie er jedes Mal Bescheid wusste, wenn er in meine Gedanken eingedrungen war, und so den Salzstreuer am Strand entdeckte oder den Weg zu dem Hotel fand, das die Spuren meiner Kindheit barg.

Im Nu schnellte ich vom Sofa hoch, ordnete meine Kleidung, während ich für Helena eine spontan zusammengeschusterte Notlüge stammelte: Ich hätte gerade ein Mädchen kennengelernt, es bedeute mir viel, ich wolle es nicht betrügen.

Ihr Gesicht erstarrte, ein Schatten huschte durch ihren Blick. Ich glaubte zu sehen, dass ihre Augen feucht wurden, doch sie fasste sich und brach in Gelächter aus.

»Ein Junge aus dem letzten Jahrhundert! Und ausgerechnet auf ihn muss ich treffen!«

Dann fixierte sie mich mit einem Funkeln tief in ihren Pupillen.

»Warum stellst du das Mädchen zwischen uns? Sie ist weit weg, und das hier geht nur uns etwas an. Wird es an eurer Beziehung etwas ändern, wenn ich ein wenig an dir knabbere? Wirst du sie weniger lieben, wenn ich, für die Dauer des Aufenthalts in dieser trostlosen Stadt, von deiner Jugend koste?«

Ich hätte mit einer solchen Reaktion von ihrer Seite rechnen müssen. Ich hatte ihr nichts entgegenzusetzen, sie reagierte auf diese Kränkung auf dieselbe Weise wie auf das rätselhafte Verhalten von Iannis: mit Ironie und Grobheit.

»Ebenso gut hättest du mich daran erinnern können, dass ich eine verheiratete Frau bin und Untreue eine Sünde ist!«

Sie schüttelte den Kopf, mimte Niedergeschlagenheit.

»Meine Güte, aus welcher Generation stammst du denn?«

Ihre Stimme grollte, schlug wieder den Ton jenes Abends an, als sie mir vorgehalten hatte, Fleisch für ihren Sohn gekocht zu haben. Sie stand auf, ging im Zimmer umher, schien unschlüssig, wozu sie sich entschließen sollte. Dann kam sie zu mir, drückte ihren Körper eng an mich. Sie schob eine Hand zwischen meine Beine.

»Du glaubst vielleicht, eine Frau könne sich nicht an einem Mann vergehen, weil er dann keinen hochkriegt, ja?«

Und mit einem Ruck warf sie mich auf das Sofa, um mich zu bespringen und sich mit ihrem Mund an meinem Hals festzusaugen.

Unter dem Druck ihres Körpers hatte ich keine Mittel zu widerstehen, ich war gefangen im Schraubstock ihrer Arme, die eine irrwitzige Kraft entfalteten. Sehr schnell begann sie zu hecheln, und ihr entfuhr ein kurzer Lustschrei. Ihr Körper fing an zu zittern, dann entspannte sie sich und sank auf meine Brust. Einige Sekunden lang blieb sie dort ganz gelöst liegen, biss sich auf die Lippen, betrachtete mich schließlich einen Augenblick und stand wieder auf.

Dann musterte sie mich mit einem ironischen Blick:

»Siehst du, ich habe trotzdem meinen Spaß mit dir gehabt. Ohne dass wir uns ausziehen, ohne dass du mich berührst. Ohne dass du in mich eindringst. Ich hoffe, es wird deine kleine Liebesgeschichte nicht gefährden.«

Ich ließ Helena stehen, ging zur Treppe. Ich hörte ihr

Feuerzeug klicken, dann hielten ihre Finger kurz auf der Schreibmaschinentastatur inne.

»Ich werde es jeden Abend versuchen, Louis«, fügte sie hinzu.

Und ich würde jeden Abend verzichten, gab ich in herausforderndem Tonfall zurück.

»Es ist spät geworden, gehen Sie schlafen, Iannis wacht früh auf«, rief sie mir einfach aus dem Wohnzimmer hinterher.

Der Tag war anstrengend gewesen, und der Abend hatte mir den Rest gegeben. Ohne das Licht im Flur anzumachen, stieg ich die Treppe hinauf wie ein Kind, das bestraft und auf sein Zimmer geschickt wird.

Ich hatte ein Bedürfnis nach Unschuld und Ruhe. Iannis strahlte eine große Friedfertigkeit aus, wenn er schlief: Wieder stand ich an seinem Kopfkissen, betrachtete sein schlafendes Profil. Einmal mehr dachte ich darüber nach, wie sehr sich die Lethargie, in die mich all die Jahre des Umherirrens gestürzt hatten, von dem Wirbel der Vorfälle der letzten Tage unterschied. Seit ich in Horville war, zwangen Iannis und seine Mutter mich, aus mir herauszugehen. Doch während ich in der Auseinandersetzung mit Helena meine Bezugspunkte verlor, eröffnete mir die Beziehung zu Iannis unerforschte Gebiete und lud mich ein, Licht in dieses Dunkel zu bringen.

Der Anblick des zerzausten Haars des Jungen, der sorgenvollen Falte, die seine Stirn durchfurchte, ließ mich zur Ruhe kommen. Wenn er so schlief, sah er aus wie alle Jugendlichen seines Alters, wirkte er ebenso anmutig und zerbrechlich wie sie. Beim Aufwachen hätte er mich fröhlich begrüßen können, hätte aufspringen und mir eine Wanderung über Land oder eine Partie Volleyball am Strand vorschlagen können. Stattdessen würde er sich in die Hände beißen, sich wiegen und seinen leeren Blick über eine Welt irren lassen, die ihm entging. Und nur weil ich um dieses große Unglück wusste, beugte ich mich über Iannis und drückte ihm einen Kuss auf die Stirn.

Auch in dieser Nacht marschierte der feierliche Aufzug durch das schlafende Horville.

Vom Denkmal für die Gefallenen bis zum Bunker bewegten sich die Lichter eines Fackelzugs über die Mole. Den Nebel zerreißend, der die Uferpromenade entlangkroch, beleuchteten die Laternen und Fackeln die Gesichter dieser Kohorte von Schatten, die mir entgegenkamen. Mit schwarz untermalten Augen, kalkweißer Haut und geschminktem Mund schenkte mir der Admiral in seinem Blazer mit den goldenen Knöpfen ein zahnloses Lächeln. Auf seinen Stock gestützt, zeigte der weiße Pater ein Sepiafoto, auf dem Jäger mit einer Säge den Fuß eines Elefanten abtrennten. Kinder, die Grimassen schnitten, als trügen sie Karnevalsmasken, schwenkten Fackeln. Schließlich erschien die undeutliche Gestalt eines kleinen Jungen im blauen und roten Schein seiner Papierlaterne. Ich konnte nur seine hellen, entschlossenen Augen erkennen. Er hatte Erde im Gesicht und fixierte mich starr, ohne zu blinzeln. Und wieder hatte er den Finger auf die Lippen gelegt und bat mich zu schweigen.

Wer hätte sich die Ereignisse des Vorabends vorstellen können, wenn er uns drei beim gemeinsamen Frühstück in der Küche sah? Iannis, mit der Nase in seiner Trinkschale, verschlang seine Schokolade in großen Schlucken, während Helena ihren Kaffee trank und die erste Zigarette des Tages zwischen ihren Fingern herunterbrannte. Kurz danach verabschiedete sie sich von uns und machte sich wieder an ihre Arbeit: Die Schriftstellerei nahm sie mit jedem Tag mehr in Beschlag, sie verbrachte immer mehr Zeit im Wohnzimmer, den Blick auf die Tastatur gerichtet, und wenn ich mich ins Zimmer verirrte, riss sie hastig das Blatt aus der Maschine, das sie gerade beschrieben hatte, und ließ es in ihrer Schreibtischschublade verschwinden.

Am Strand erregte eine Veränderung in Iannis' Verhalten meine Aufmerksamkeit. Er hatte aufgehört, Wasser umzufüllen, hatte seinen Eimer neben sich gestellt und betrachtete den Finger, mit dem er Zeichen in den Sand malte, die ich nicht erkennen konnte und die regelmäßig von der Gischt weggewischt wurden. Verwundert legte ich mein Buch zur Seite und wollte zu ihm gehen. Ich hatte bemerkt, dass er sich immer häufiger im Garten hinter der Villa niederkniete und kleine Zweige aufsammelte, die er nach einer komplexen Ordnung zusammenlegte. Doch sobald ihm das Knirschen im Kies verriet, dass seine Mutter oder ich uns näherten, zerstreute er die Zweige wieder.

Er wandte mir den Rücken zu, und da das Rauschen des Windes und die dicke Sandschicht meine Schritte erstickten, hörte er mich nicht. Ich beugte mich über seine Schulter: In ungeschickt gezogenen Blockbuchstaben erschienen ganze Wörter auf der nassen Oberfläche, die das Meer wegwischte, kaum dass sie zu Ende geschrieben waren. Die ständige Wiederholung der Aufgabe entmutigte Iannis in keiner Weise, im Gegenteil, die Energie, mit der er ohne Unterlass seine Buchstaben in den Sand schrieb, legte den Gedanken nahe, es könne ihm gefallen, sie in den kleinen Wellen dahinschmelzen zu sehen. Kurzlebige Wörter folgten einander, alltägliche Worte, fehlerlos geschrieben, für einige Sekunden im Sand abgedruckt, bevor sie sich auflösten, bis hin zu meinem Vornamen, den sein Finger zu meiner noch größeren Verblüffung in den Sand zeichnete und der sogleich von der Gischt davongetragen wurde.

Ich konnte einen Ausruf der Verwunderung nicht unterdrücken. Iannis schreckte hoch, warf sich herum, sprang auf die Beine und biss sich so heftig, dass Blut hervorquoll. Ich versuchte sofort, ihn in meine Arme zu schließen, doch er machte sich los, stieß dabei spitze Schreie aus, während seine Zähne tief in seinem Handrücken steckten. Ich musste dringend einen Weg finden, ihn zu beruhigen. Ich hatte ihn bei einer Beschäftigung überrascht, die er geheim halten wollte. Ich ging auf ihn zu und murmelte ihm genau das ins Ohr, was ihn, wie ich glaubte, beruhigen konnte: dass die Worte, die er in den Sand gemalt hatte, ebenso aus meinem Gedächtnis verschwinden würden, wie das Meer sie gelöscht hatte, und dass ich niemandem davon erzählen würde, nicht einmal Helena.

Ich hatte instinktiv so gehandelt und lag damit offenbar genau richtig, denn Iannis' Aufregung ließ nach. Mit noch immer leerem Blick entfernte er sich vom Uferstreifen und marschierte Richtung Strandkabine. Die Hand, mit der er sich über das Gesicht strich, hinterließ eine rote Blutspur.

Jeder Tag brachte neue Überraschungen, doch die letzte war keine geringe. Helena hatte mir erklärt, an ihrem Sohn würden alle Versuche scheitern, ihm etwas beizubringen, und die Lehrer, die sich bemüht hätten, ihn Grundlagen zu lehren, hätten angesichts seiner Angst- oder Wutanfälle bald Abstand davon genommen. Doch Iannis hatte trotzdem gelernt, ich hatte jetzt den Beweis. Diese einsame und versteckte Leistung beeindruckte mich, doch sie musste geheim bleiben und besiegelte den stillschweigenden Pakt zwischen uns noch ein wenig mehr.

An jenem Abend versuchte Helena erneut, getreu ihrem Versprechen – oder soll ich sagen, ihrer Drohung – mich in ihre Arme zu ziehen. Ich widersetzte mich entschiedener als am Vorabend, und nach einem wütenden Aufwallen brach sie plötzlich zusammen.

»Was siehst du, wenn du mich ansiehst? Eine Amazone, entschlossen, einen jungen Mann in ihr Bett zu schleppen, um einer sexuellen Laune nachzugeben? Nein, Louis, du hast es einfach nur mit einer zerrütteten Frau zu tun. Du findest diese Frau merkwürdig? Stell dir vor, ich auch! Doch diese merkwürdige Frau schlägt sich seit Jahren mit ein und derselben Frage herum: Wer von beiden, Mutter oder Sohn, hat den anderen zerrüttet?«

Sie streckte mir ihre Hand entgegen.

»Ich mache dir Angst? Du hast Angst vor einem armen Wesen, das sein Überleben allein den Beruhigungstropfen und einer hypothetischen Hoffnung auf eine Buchveröffentlichung verdankt? Einer Mutter, die ihre Zeit damit verbringt, sich einem Jungen auszusetzen, von dem sie nichts begreift, einer Ehefrau, deren Leben im diametralen Gegensatz zu dem ihres Mannes steht!«

Der Ausdruck *armes Wesen* passte schlecht zum Bild von Helena, zur Härte ihres Gesichts und der Entschlossenheit, die sie immer wieder unter Beweis stellte. Doch ihre Stimme hatte eine so aufrichtige Färbung, dass es mir schwerfiel, ihr nicht zu glauben.

»Lass mich, Louis, lass es einfach zu, ich bitte dich, rühr dich nicht, ich verlange nichts von dir, tue nichts, lass es einfach mit dir geschehen.«

Sie stand vor dem Sofa, über mir, während sie ihre Bitte mit tonloser Stimme wiederholte. Am Ende meiner Widerstandskraft ließ ich sie dieses Mal meinen Gürtel aufschnallen und sich meiner bemächtigen. Sie fing an, mich zu streicheln, und ich war nicht unempfänglich dafür. Die Situation machte aus mir ein passives, ihrer Laune unterworfenes Objekt und erregte mich, gefühllos, bis aufs Äußerste. Als ich spürte, dass ich kam, warf ich den Kopf in den Nacken, doch Helena hörte sofort auf, mich zu streicheln.

»Nicht die Augen schließen, Louis, ich möchte dein Gesicht sehen! Behalte deine Lust nicht für dich, sieh mich an, bis zum Schluss. Sieh mich an, auch wenn es unerträglich für dich wird.«

Und wieder griff sie nach meinem Geschlecht: Ihre dunklen Pupillen waren auf mich gerichtet und erteilten mir in einer Weise einen Befehl, der ich mich nicht entziehen konnte. Der Sonne und dem Tod konnte man nicht ins Gesicht sehen, so wenig wie dem kleinen Tod, dachte ich, während ihre Hand nach mir tastete; nie hätte ich gedacht, dass es so schwer sein konnte, die Augen nicht zu schließen, wenn sich die Lust entlud.

Helenas Begehren war so stark, dass ich mich fügte; ihr Blick grub sich bis auf den Grund meiner Augen, angespannt, flehentlich. Als ich mich schließlich gehen ließ, mit weit aufgerissenen Augen, die, wie sie es verlangte, an ihrem Blick hingen, angezogen von diesem schwarzen Schlund, empfand ich eine bisher ungekannte Lust, zwischen Genuss und Schmerz.

Als ich mich anschickte, in mein Zimmer zurückzugehen, hielt Helena mich am Arm zurück. Sie hatte ihre Selbstsicherheit wieder vollständig zurückerlangt und nichts mehr von der *zerrütteten Frau*, die kurz zuvor noch so überzeugend vor mir geweint hatte.

»Ich bin gekommen, ohne dass du mich berührt hast, ich habe es dir nur mit der Hand gemacht, kannst du dir vorstellen, wie es wäre, wenn du zulassen würdest, dass unsere Körper wirklich zueinander kämen?«

Genau das wollte ich nicht erleben. Sie wiederholte, dass sie das nicht davon abhalten würde, es immer wieder von mir zu verlangen, und da ich zur Tür ging, fügte sie hinzu:

»Ach, Louis! Fast hätte ich es vergessen! Am Wochenende wird mein Mann vorbeischauen. Geben Sie Iannis das Abendbrot etwas früher und bringen Sie ihn zu Bett, sobald er seinen Vater gesehen hat, damit wir drei in Ruhe zusammen zu Abend essen können. Zumal mir Jérôme angekündigt hat, er bringe eine gute Nachricht.«

Dann sagte sie mir mit einem Lächeln, als zöge sie einen Trumpf aus dem Ärmel:

»Dieser Besuch verschafft mir die Gelegenheit, dir zu zeigen, dass ich noch ein anderes Mittel habe, einen Orgasmus vor dir zu bekommen, ohne dass du mich berührst.«

So schlug sie mir eine neue Prüfung vor. Sie war ganz klar nicht mehr das *arme Wesen*, das sich an mich gewandt hatte, wohl aber die Frau, die das Spiel von Beginn an beherrschte, und ich ärgerte mich über meine Passivität: Als Spätentwickler konnte ich mich gegen eine solche Entschlossenheit einfach nicht wehren.

Am nächsten Morgen hatte ich keine Erinnerung mehr an die Träume, die meinen Schlaf bevölkert hatten, die aber, meinem zerwühlten Bett nach zu schließen, sehr lebhaft gewesen sein mussten. Für Iannis begann der Tag mit den üblichen Ritualen: mit dem Frühstück, das er in unglaublicher Geschwindigkeit hinunterschlang, dann dem Toilettengang, der nach wie vor eine große Herausforderung war.

Es gab Einkäufe zu erledigen. Im Laden irrte Iannis wie üblich in seiltänzerischer Manie zwischen den Regalen umher, wobei er sich ungeachtet seines abwesenden Blickes stets meiner Nähe versicherte. An einem Stapel von Konserven verlor ich ihn aus den Augen. Ich hörte, wie meine Stimme sich bei jedem Ruf nach ihm eine Stimmlage höher schraubte aus Angst, er könne den Laden verlassen haben, um auf der Mole herumzuspazieren. Als ich ihn reglos vor den Scheiben eines großen Kühlregals wiederfand, entfuhr mir ein Seufzer der Erleichterung. Versteinert betrachtete er den Zwilling, der ihn von der anderen Seite dieses Spiegels ansah. Er streckte die Hand nach ihm aus, und ich dachte zuerst, er versuche, ihn zu berühren, doch dann sah ich, dass sein Finger Zeichen in das Kondenswasser malte, das sich in kleinen Tröpfchen auf der Scheibe niederschlug.

Als ich hinzutrat, konnte ich gerade noch einen Blick auf die Anfangsbuchstaben des Vornamens Antoine werfen, die sein Spiegelbild verzerrt hatten, bevor er sie mit der Hand wegwischte.

Dank welcher Intuition hatte Iannis sich den Vornamen meines Freundes merken können? Woher wusste er, wie man den Namen schreibt? Diese Fragen, die unbeantwortet blieben, begleiteten mich den ganzen Tag, so dass der Junge, der meine Gedanken zu lesen schien, immer rätselhafter für mich wurde.

Helena schloss sich an diesem Abend zum Arbeiten im Wohnzimmer ein, ohne um meine Gefälligkeit zu bitten. Dieser Burgfriede hing sicher mit der bevorstehenden Ankunft ihres Mannes zusammen.

Da das Wetter es zuließ, wollte ich den folgenden Nachmittag mit Iannis am Strand verbringen. Doch er hatte etwas anderes vor: Schon beim Verlassen der Villa in fieberhafter Unruhe weigerte er sich, die Treppe von der Mole hinabzusteigen, und rannte stattdessen mit den Armen rudernd ins Stadtzentrum. Dieses Mal gab er die Marschrichtung vor, und ich hatte Mühe, ihm zu folgen. Er bog in die Gasse ein, in der hinter einem Bretterverschlag der Laden des weißen Priesters schlummerte, dann lief er, den Boden kaum berührend, an den geschlossenen Fensterläden der Admiralsvilla vorbei, bis wir vor die verrammelte Fassade des Kasinos gelangten. Ich fragte ihn, wohin er mich führe, doch ich wusste bereits die Antwort: Sie hatte auf der Scheibe des Kühlregals gestanden, und ich war nicht überrascht, als wir das Tor zum Hôtel des Flots erreichten. Wie er es einige Tage zuvor bei mir gesehen hatte, umfasste er die Gitterstäbe mit den Fäusten und starrte reglos in den Garten des Hotels. Ich hörte ihn denselben Refrain summen, der häufig sein Wippen begleitete, dann schlüpfte er durch den engen Schlitz, ohne dass ich Zeit gehabt hätte, ihn daran zu hindern.

Er ging in den Garten hinein, blieb schließlich mitten auf dem alten Rasen stehen und winkte mit den Armen vor dem Gesicht. Das Unkraut reichte ihm bis zu den Knien, hinter ihm zitterten die Blätter des Holunderhains, und über der Gartenmauer überragte die Spitze des mit Dornengestrüpp bedeckten Steilhangs seinen Kopf wie ein Raubtier, das seine Beute beobachtet. Auf seine Art forderte Iannis mich auf, ihm zu folgen, doch ich blieb auf der anderen Seite des Gartentors, um ihn vergeblich zurückzurufen. Ich konnte mich nicht dazu durchringen, zu ihm zu gehen, den Boden zu betreten, auf dem ich als Kind gespielt hatte; meine Angst wuchs, und alles in mir widerstrebte dem Gedanken, mich auf die Erinnerungen einzulassen, die sich nach und nach einen Weg in mein Bewusstsein bahnten. Ich schüttelte energisch den Kopf, um Iannis deutlich zu machen, dass er zurückkommen solle. Meine Entschlossenheit muss ihn überzeugt haben, denn er zwängte sich wieder durch das Tor und ließ sich an der Hand zurück zur Villa führen.

Während mein junger Begleiter auf der Mole die Wolken betrachtete, steigerte sich sein obsessives Summen. Ich war ihm nicht gefolgt, war nicht zwischen den Flügeln des Gartentors durchgeschlüpft, um mit ihm zusammen auf das Territorium meiner Kindheit vorzudringen. Ich hatte gerade Iannis den Zugang zu meinen Erinnerungen verweigert, so wie ich mich abends Helena verweigerte.

Als wir die Tür öffneten, hörte ich den Widerhall eines Gesprächs aus dem Wohnzimmer. Iannis' Vater war da.

Glücklich, seinen Sohn zu sehen, ging er auf ihn zu, aber Iannis schenkte ihm keinerlei Aufmerksamkeit und schlüpfte hinaus in den Garten, um dort mit seinen Zweigen zu spielen. Er bildete Worte aus ihnen, dessen war ich mir nun sicher, und er zerstreute sie, sobald jemand näher trat. Sichtlich enttäuscht über diesen Empfang, versuchte Jérôme, sich nichts anmerken zu lassen:

»Wie ich höre, befriedigt unser männlicher Au-pair voll und ganz die in ihn gesetzten Erwartungen!«

Er lächelte und drückte mir dabei die Hand. Hinter seiner Schulter verpasste mir seine Gattin einen Blick, den ich nur zu gut kannte. *Voll und ganz befriedigt*, hatte Iannis' Vater gesagt, auf Helenas Gesicht, das ein verhaltenes Lächeln erhellte, konnte ich ablesen, welchen Sinn sie dieser Formulierung gegeben hatte. Sie wandte sich an mich mit der Bitte, mich um Iannis' Abendessen und seine Toilette zu kümmern, damit er früh zu Bett gehen konnte.

Der Stimmung seiner Frau während der Mahlzeit nach zu schließen, freute sie sich nicht über die gute Nachricht, die Jérôme für sie mitgebracht hatte. Während ihr Mann von seinen Sorgen bei der Anwerbung seines Personals erzählte, bemerkte ich mehrmals eine tiefe Traurigkeit in Helenas Augen.

Dank des Alkohols änderte sich ihre Stimmung, und gegen Ende des Abendessens wurde sie wieder fröhlich nach einem dieser Stimmungswechsel, zu denen sie, wie ich wusste, in der Lage war. Sie erzählte ihrem Mann von unseren Tagen am Strand, erwähnte die Anhänglichkeit, die Iannis mir gegenüber zeigte, und wie viel seltener seine Angstattacken in letzter Zeit geworden waren. Jérôme, der beim Trinken ebenso wenig Zurückhaltung an den Tag legte wie sie, leerte ein letztes Glas und schien sich einige Augenblicke für den Bericht seiner Frau zu interessieren, konnte dann aber ein Gähnen nicht mehr unterdrücken. Er streckte sich, dann tat er kund, wie leid es ihm täte, so müde zu sein. In schlüpfrigem Ton erinnerte er Helena daran, dass sie sich schon eine Weile nicht mehr gesehen hätten und es Zeit für sie sei, nach oben ins Bett zu gehen. Er entschuldigte sich, und Helena erwiderte, sie würde ihm unverzüglich folgen.

Kaum hatte er uns den Rücken zugewandt, brachte sie, auf die Ellbogen gestützt, ihr Gesicht ganz nah an meines.

»Mein Mann verschafft mir schon seit langem keine Lust mehr, aber heute Abend wird es ihm gelingen, und weißt du, warum? Weil ich nicht mit ihm schlafen werde, sondern mit dir. Die Wände sind dünn, und wenn du mich stöhnen hörst, wirst du wissen, dass ich meine Lust auskoste und dabei an dich denke, nur an dich.«

Wieder war ich Gegenstand eines Experiments und versuchte, mich dagegen aufzulehnen, indem ich Helena sagte, wie pervers ihre Vorstellungen in meinen Augen seien.

»Das kenne ich ja bereits von dir, ganz wie es sich gehört! Denk, was du willst, es ist mir egal. Es kommt nicht darauf an, dass ich an dich denke – beim Beischlaf kann schließlich jeder denken, an wen er will –, sondern darauf, dass du es weißt …, und dass ich weiß, dass du es weißt! Wie dem auch sei, ob du willst oder nicht, wenn du mich hörst, werde ich in deinen Armen sein.«

Sie stand vom Tisch auf.

»Gute Nacht, Louis, ich freue mich schon jetzt auf die Lust, die Sie mir verschaffen werden.«

Als ich im Dunkeln lag, konnte ich nicht umhin, auf die Geräusche im Haus zu lauschen. Kurz nachdem ich mich in mein Zimmer zurückgezogen hatte, drangen gedämpft durch die Wand wirre Gesprächsfetzen zu mir. Vorwurfsvoll und energisch bäumte sich Helenas Stimme gegen die ihres Mannes auf, und ich dachte, es ginge um die Nachricht, die Jérôme angekündigt hatte, die ihr Gespräch vergiftete. Dann herrschte Stille im Haus.

Ich hoffte, Schlaf zu finden, doch in dem Augenblick, als meine Gedanken langsam in einen Traum übergingen, erklang eine dumpfe Klage, die immer lauter wurde, bis sie die Lautstärke eines Schreis hatte, der sich über den Flur in meinem Zimmer ausbreitete. Die Stimme kam mir unglaublich nahe vor: Helena stöhnte in mein Ohr und presste sich dabei an mich. Sie hielt ihr Versprechen; genau in diesem Moment, als sie in Jérômes Armen lag, dachte sie an mich, war ich es, der ihr dieses Vergnügen bereitete. Der Schrei dauerte an, schlüpfte unter meine Bettdecke, ohne dass ich ihn von mir stoßen konnte. Ich gehörte mir nicht mehr, ich war das Objekt von Helena geworden, die mich nach Lust und Laune benutzte, und sie musste mich dazu nicht einmal berühren.

Ich wäre ihr gerne entkommen; aber meine Hände auf den Ohren genügten nicht, ich griff auf gut Glück nach einem der Bücher auf meinem Nachttisch, doch die Lektüre von *Eine Saison in der Hölle* konnte mich nicht von der Stimme ablenken, die mich bestürmte. Mit einem Sprung war ich aus dem Bett und eilte in Iannis' Zimmer, um mich vor dieser Belagerung in Sicherheit zu bringen. Als ich die Tür hinter mir schloss, rückte der Schrei in weite Ferne, als ob Helena es sich nicht erlauben könnte, die Schwelle zum Zimmer ihres Sohnes zu überschreiten. Beklemmung, diese gegenstandslose Angst, pochte in meinen Schläfen: Helena ergriff Besitz von mir, und die Erinnerungen an Horville, die Iannis geweckt hatte, bedrängten mich, ohne dass ich etwas entgegensetzen konnte. Ich saß da und wiegte mich, fast hätte ich mir in die Hand gebissen, damit ich einen Schmerz spürte, dessen Herr ich wäre.

In den Anblick des schlafenden Iannis vertieft, dachte ich, ihn zu spüren, sei das Einzige, was mich erleichtern könnte, und ohne weiter nachzudenken, legte ich mich neben ihn. Wie am ersten Abend öffnete er die Augen; mit großen Augen und klarem Blick sah er durch mich hindurch, drückte weder Überraschung noch Angst aus. Er drehte sich um und schmiegte sich an mich, wie immer in fötaler Stellung. Plötzlich kam er mir trotz seiner sechzehn Jahre so klein vor, so schmächtig in seinem zu kurzen Pyjama. Ein Kind, das nie geboren war, das von der Welt terrorisiert wurde wie ich vom Begehren seiner Mutter; bei mir fand Iannis Zuflucht, um dem zu entkommen, was ihn bedrohte. Ich erinnerte mich an den Augenblick, als er, beide Hände flach auf meinen Brustkorb gelegt, an meiner Brust saugte. Wäre es möglich gewesen, wäre ich jener Nacht gerne noch ein wenig weiter mit ihm in der Zeit zurückgegangen und hätte ihm einen Unterschlupf geboten, in dem er sich hätte zusammenrollen können. Ich überließ mich diesem Trugbild, und das Gefühl, Iannis in mir zu tragen, beruhigte mich, so dass ich endlich einschlief.

Tag für Tag versuchte ich das Gesicht von mir fernzuhalten, das durch meine Träume geisterte, doch Nacht für Nacht bahnte es sich einen Weg in meine Erinnerung, ließ mich mit einem Finger auf dem Mund Stillschweigen schwören. Während der Junge und ich aneinandergeschmiegt im Tiefschlaf lagen, besuchte es mich noch einmal. Ich wachte in aller Frühe auf und kehrte wieder in mein Bett zurück, bestürzt darüber, dass ich in Iannis' Zimmer Schutz gesucht hatte.

Später, am Frühstückstisch, stieß mir der Ausdruck, den ich auf Jérômes Gesicht entdeckte, übel auf. Glücklich über seine Nacht, stellte er seine Befriedigung zur Schau und bezeugte eine erbärmliche männliche Eitelkeit. Ich erinnerte mich an einen der *Grundsätze*, die er bei unserer ersten Unterredung kundgetan hatte: *Ablehnung jeder Demütigung, insbesondere vor Dritten*, und als ich Helenas Blick begegnete, dachte ich, dass die Verhöhnung eines der Prinzipien ihres Mannes einen guten Teil zu ihrem Vergnügen beigetragen hatte.

Was hielt mich davon ab, in meinen 2CV zu steigen und Helena weit hinter mir zu lassen, diesem Ehepaar zu entfliehen, in dessen Mitte sie mir eine so zweifelhafte Rolle zugedacht hatte? Ich hatte es nicht im Geringsten darauf angelegt, in meiner Verantwortung lag nur, dass ich diese Situation nicht durch meine Abreise beendete. Doch ich fühlte, dass mir das nicht möglich war: Iannis und meine Gespenster hielten mich in Horville fest.

Um Zeit mit ihrem Sohn zu verbringen, gaben Helena und Jérôme mir einen Tag frei. Ohne Beschäftigung landete ich am Strand, den eine fahle Herbstsonne kaum noch wärmte. Mit den Händen in den Taschen stapfte ich am Saum der Wellen entlang durch den Sand, fegte mit dem Fuß den Algenteppich und die zerbrochenen Muscheln zur Seite in der vergeblichen Hoffnung, eine Lunte oder einen Salzstreuer glänzen zu sehen. Vom Bunker, wo ein rostiges Kanonenrohr aufs Meer zielte, stieß ich bis zum Jardin de la Baleine vor, wo zu Beginn des letzten Jahrhunderts ein Wal gestrandet war. Die Einwohner von Horville hatten beschlossen, das Skelett zu erhalten: Eine Reihe von Fotografien, die an einer Wand angebracht waren, zeigte in allen Einzelheiten, wie der Wal zerlegt worden war. Rund um das Gewächshaus, in dem der Wal thronte, stellte ein kleiner Park seine Blumenbeete zur Schau. Schwer beeindruckt von den Knochen des Riesen, waren Antoine und ich dort oft gewesen. Ich setzte mich auf eine Bank, und da ich vergessen hatte, ein Buch einzustecken, ließ ich die Ereignisse Revue passieren, die meinen Aufenthalt durcheinandergebracht hatten. Seit einem Monat kümmerte ich mich nun schon um Iannis, und ich war nicht mehr der fröstelnde Junge, der nicht wusste, welchen Weg er einschlagen solle; so schmerzhaft die Prüfungen gewesen waren, die hinter mir lagen, ich hatte nicht mehr das Gefühl, in meinem eigenen Saft zu schmoren.

Der Nachmittag wollte nicht enden, ohne Iannis war er sinnentleert, und ich wünschte mir den nächsten Tag schnell herbei, um den tänzelnden Schatten wieder bei mir zu haben, der mich den ganzen Tag begleitete.

Als sich der Tag neigte, kehrte ich in die Villa zurück, um mich von Jérôme zu verabschieden, der wieder nach Paris zurückkehrte. Kaum hatte ich die Tür aufgemacht, drang aus dem ersten Stock Iannis' Geschrei zu mir herunter. Seine Eltern, die vor einer Tasse Kaffee am Küchentisch saßen, sahen erschöpft aus. Statt einer Begrüßung meinte Jérôme scherzhaft:

»Wir sind ganz und gar nicht böse, Sie wiederzusehen! Der Tag war die Hölle! Iannis war unerträglich aufgedreht, wir sind die ganze Zeit hinter ihm hergelaufen und haben ihn schließlich auf sein Zimmer geschickt, damit er sich beruhigt.«

Helena, offenbar sehr mitgenommen, fügte hinzu:

»Er ist ständig ausgebüxt, als ob er Sie suchte!«

Gleichzeitig leerten sie ihre Tassen, und Jérome rief mit einem Seufzer:

»Zum Glück hört das alles jetzt auf, es würde uns sonst noch das Leben kosten …«

Helena, den Tränen nahe, stoppte ihren Mann, indem sie Druck auf seinen Arm ausübte, und er fasste sich wieder:

»Helena wird Ihnen alles erklären …, es war jedenfalls nichts anderes mehr möglich.«

Er musste los, stand auf, um sich zu verabschieden, und empfahl mir, mich weiterhin in der Weise um Iannis zu kümmern, wie ich es bisher getan hatte: Sein Sohn hänge offenbar sehr an mir. Er schob mir einen Umschlag zu.

»Für diesen Monat …, alles Weitere sehen wir.«

Im Stockwerk darüber hatten Iannis' Schreie aufgehört, sicher wippte er wieder hin und her, eine Hand im Mund. Sein Vater ging zur Treppe.

»Ich werde mich von ihm verabschieden, wenn das überhaupt etwas für ihn bedeutet.«

Helena blieb am Küchentisch sitzen, spielte mit ihrer leeren Tasse, ihr Blick war abwesend, und als Jérôme wieder herunterkam, begleitete sie ihn zum Wagen.

Wie ich vorausgesehen hatte, befand sich Iannis in der Mitte seines Zimmers, gewiegt von einer regelmäßigen Pendelbewegung, die aufhörte, sobald er mich ins Zimmer kommen hörte. Seit meiner Ankunft hatte ich ihn nie weinen sehen: An diesem Abend, während ich ihn für die Nacht fertig machte, wischte ich ihm eine Träne ab, die über seine Wange rollte, ohne dass sich in seinem Gesicht irgendein Kummer ausdrückte. Er war besonders folgsam, ließ sich ohne Schwierigkeiten baden und aß zum ersten Mal sein Abendessen, ohne sein Essen rund um den Teller zu verteilen.

Helena wartete unten auf mich, und ich erkannte an ihrem Gesichtsausdruck, dass dieser Abend den vorausgegangenen in keiner Weise gleichen würde. Sie wirkte wie am Boden zerstört. Regelmäßig fiel die Asche ihrer Zigarette auf den Couchtisch, und mit einer mechanischen Handbewegung strich sie sich immer wieder eine Haarsträhne aus dem Gesicht, die sich aus ihrer Haarspange gelöst hatte. Einsilbig teilte sie mir mit, welche Nachricht ihr Mann für eine großartige Überraschung gehalten hatte: Die Einrichtung in Belgien, wo Iannis auf der Warteliste stand, hatte angerufen, um mitzuteilen, dass ein Platz frei würde. Weit entfernt, Helena zu erfreuen, war diese Aussicht für sie niederschmetternd. Auch mir versetzte diese Ankündigung einen Stoß: Das Ende meiner Tätigkeit nahte, bald würde ich Iannis nicht mehr sehen.

Helena hatte anderes im Kopf, als uns die üblichen alkoholischen Getränke zu servieren.

»Ich weiß, es muss sein, doch ich kann mir ein Leben ohne meinen Sohn nicht vorstellen. An manchen Tagen könnte ich ihn umbringen, da ist er mir absolut unerträglich, aber sehen Sie, Louis, wenn man mir vorschlägt, ihn wegzugeben, dann merke ich, dass ich nicht auf ihn verzichten kann.«

Was sollte ich ihr anderes antworten, als dass ich dieses Gefühl nur zu gut verstand? Die Aussicht, mich nicht mehr um Iannis kümmern zu müssen, brachte mir keine Erleichterung, im Gegenteil.

»Selbstverständlich werde ich es nicht ablehnen, das wäre Irrsinn und würde für uns alle drei eine Katastrophe bedeuten. Belgien ist nicht das Ende der Welt, aber … man muss über eine Grenze. Seltsam, welche Bedeutung das für mich bekommt, denn eigentlich wird er weniger weit weg sein, als wenn er ins Larzac ginge … und außerdem …«

Sie unterbrach sich, unterdrückte ein Schluchzen.

»Nur einmal im Monat organisieren sie Fahrten nach Paris, für ein Wochenende! Iannis einen ganzen Monat in einem Schlafsaal mit Jugendlichen, die genauso eine Macke haben wie er, wenn nicht gar schlimmer, und umgeben von Erwachsenen, die er nicht kennt …«

Sie holte eine Zigarette aus ihrem Päckchen, dann bemerkte sie die, die bereits zwischen ihren Fingern brannte, und stieß ihr bitteres leises Lachen aus. Zum ersten Mal sah ich sie so wehrlos, deshalb nahm ich sie in die Arme, ohne mich um die möglichen Folgen dieser Geste zu sorgen. Sie flüchtete sich in meine Umarmung und weinte lange, schluchzte dabei wie ein kleines Mädchen. Dann befreite sie sich aus meinen Armen.

»Man kann Iannis nicht lieben wie jedes andere Kind, das

ist unmöglich. Man liebt ihn mehr, oder man lehnt ihn ab. Er tut einem weh, er kann abstoßend sein, er macht Angst. Ich weiß, glaube ich, warum so viele junge Leute es ablehnten, sich um ihn zu kümmern, warum sie die Aufgabe für so unerträglich hielten. Sie hatten recht, Louis, erinnern Sie sich? An einem der ersten Abende nach Ihrer Ankunft, als wir unsere Eindrücke austauschten, sagten Sie mir, mein Sohn hätte Antennen für unsere geheimsten Gedanken, er sauge unsere Gefühle, unsere Ängste auf. All diese jungen Leute fürchteten sich nicht vor Iannis, sondern vor sich selbst, vor dem, was Iannis ihnen zurückwarf. Es war ihre dunkle Seite, die sie erschreckte.«

Ich konnte ihre Worte nur unterschreiben. Jeden Tag hatte ihr Sohn mich an die Grenzen dessen gebracht, was ich aushalten kann. Und in gewisser Weise hatte seine Mutter dasselbe getan, nur auf einem gänzlich anderen Gebiet. Doch anders als meine Vorgänger hatte ich mich entschlossen, nicht davonzulaufen, und ich fühlte sogar, dass ich noch einen Schritt weiter gehen musste.

Leise entfernte ich mich, um in mein Zimmer zu gehen. An diesem Abend sowie an den folgenden unternahm Helena nichts, um mich zurückzuhalten.

Mehrere Tage hintereinander erschien sie nicht zum Frühstück. Eingeschlossen in ihrem Schlafzimmer ließ sie mich einen Teil des Vormittags mit Iannis allein und zeigte sich erst, wenn wir uns für den Spaziergang fertig machten. Ihre geschwollenen Augen ließen erahnen, wie schrecklich ihre Nächte waren. Sie schloss ihren Sohn in die Arme, und er ließ sich ohne Weiteres drücken, während seine Augen über der Schulter seiner Mutter einen fernen Horizont fixierten.

Der Wind trieb seine Wolkenherde übers Meer, die Fahnen auf der Mole knatterten an der Spitze ihrer Masten. Mit einem Schal um den Hals und in dicke Pullover gehüllt durchmaßen Iannis und ich den Kiesstrand. Wir wanderten Seite an Seite wie zwei schweigsame Freunde, die sich wortlos verstehen. Der Seewind zerzauste das Haar meines Gefährten und ließ seinen Schal fliegen, so dass er aussah wie ein verfemter Dichter. Ich konnte den Gedanken nicht abschütteln, dass meine Tätigkeit bald enden würde. Helenas Worte hallten in mir wider, und ich stellte mir vor, wie Iannis in einem unpersönlichen Schlafsaal zitternd auf seinem Bett saß, hell entsetzt von den Schreien und dem Stöhnen der anderen Insassen jener belgischen Einrichtung. Das Bild zog mir das Herz zusammen, und ich bemühte mich um Ablenkung, indem ich mit den Augen dem Flug einer Möwe folgte, die auf den Windböen surfte.

Plötzlich hob sich in der Ferne Helenas Gestalt vor dem weißen Himmel ab, und sie winkte uns zu, während sie die Treppe von der Mole herabstieg. Sie öffnete die Strandkabine und setzte sich auf die Schwelle, wie sie es immer tat. Nachdenklich an ihrem Stift kauend, warf sie hin und wieder Notizen auf die Seiten ihres Hefts. Als es Zeit für das Mittagessen war, gab sie ein Zeichen zum Aufbruch, und wir kehrten vom Strand zurück. Sie ging ohne Eile voraus, und ich sah ihren geraden Rücken, ihr von der Spange zusammengehaltenes Haar, ihren entblößten Nacken, ihre verkrampften Schultern. Nicht ein einziges Mal drehte sie sich um, um sich zu vergewissern, dass wir ihr folgten.

Ich sah mich wieder die verzweifelte Mutter, das kleine, in Tränen aufgelöste Mädchen im Arm halten. Doch im selben Augenblick, als sie die Treppe zur Mole hinaufstieg, fand Helena zu ihrem üblichen Verhalten zurück. Sie ging weiter, ohne sich darum zu kümmern, ob ich ihren Sohn aus dem Blick verlor, ob Iannis nicht irgendeinen anderen Weg einschlug. Sie führte ihre kleine Truppe und hatte es nicht nötig, sich zu vergewissern.

Sie wusste allerdings nicht, was an diesem Morgen am Strand in mir vorging, als ich sie so über ihre Arbeit gebeugt dasitzen sah: Wie vom Wind davongetragen war meine Angst verschwunden, und ich hatte beschlossen, dass die Komödie der Verweigerungen, die immer unerträglicher wurde, ein Ende finden sollte.

III

Was wir für eine neue Erkenntnis halten, haben wir schon immer gewusst. Man vergisst nichts, weder den Augenblick der Mutlosigkeit noch das hinter vorgehaltener Hand geflüsterte Wort oder die flüchtig wahrgenommene Blässe eines Stücks Haut. Jene wenigen Silben haben wir nie aus unserem Gedächtnis gestrichen, jene Geste, die wir bereuten, haben wir in unserem tiefsten Inneren bewahrt: Von diesem blinden Teil, der lebendig und beharrlich ist, hängen wir ab, er entscheidet über unser Schicksal.

Sie weiß noch nicht, dass ich Ja sagen werde. Sie weiß noch nicht, dass ich endlich einwillige. Heute Abend, wenn ich Iannis geholfen habe, sein Bad zu nehmen, in seinen Pyjama zu schlüpfen, wenn er schläft, wenn wir unsere Gläser geleert und unsere letzte Zigarette ausgedrückt haben. Dann werde ich Ja zu Helena sagen.

Wie üblich rudert Iannis mit den Armen. Dünn und weiß machen sie, was sie wollen, schnellen weg von seinen Schultern, bereit zum Abflug, Flügel aufgeschreckter Möwen, Fahnen im Wind.

Die wenigen Spaziergänger, die auf dem Deich entlang wandern, drehen sich nach ihm um, überrascht von seinen wirbelnden Gliedmaßen, von seinem Gang vor allem. Fasziniert von diesem ständigen Ungleichgewicht, als würde er jeden Augenblick stürzen, überlegen sie, ob sie hinzueilen und ihn halten sollen, doch Helena und ich beruhigen sie mit einer Geste. Machen Sie sich keine Sorgen, wir wissen, dass Iannis nie stürzt. Er nimmt die Treppen im Flug, fast ohne die Stufen des Treppenlaufs zu berühren, ohne zu straucheln, galoppiert er über den Algenteppich, der seine Knöchel fesseln will.

Wir haben den Vormittag vor einem einförmig grauen Meer am Strand verbracht, und ich habe meinen täglichen Auftrag gegenüber Iannis erfüllt. Jetzt, da ich gelernt habe, ihn zu verstehen, mag ich ihn, und zugleich erschreckt er mich. Er und seine Mutter gehen zu weit, doch beide haben über meine Widerstände gesiegt: Weder Helena noch Iannis gegenüber werde ich mich noch länger verweigern.

Nach dem Mittagessen lässt Iannis mir keine Zeit zum Überlegen: Er hat entschieden, welches Ziel unser Spaziergang haben soll, und ich begleite ihn ohne Bedenken.

Als er zwischen den Flügeln des Gartentors vom Hôtel des Flots hindurchschlüpft, zögere ich nicht, ihm zu folgen. Ich habe hier einen Teil meiner Erinnerungen zurückgelassen, und ihr Winterschlaf hat bis jetzt gedauert. Das hohe Gras streicht um meine Beine, die Brombeerranken verhaken sich in meiner Hose, doch Iannis scheinen sie nicht zu berühren. Er geht weiter bis in den hinteren Teil des Gartens, bis er vor der Metalltür steht, die ein dicker Mantel von Zaunwinden bedeckt. Ich wusste, dass sein Instinkt uns hierher führen würde. Er streichelt die Blüten, summt seinen seltsamen Singsang, dann geht er, wie immer bedenklich schwankend, zurück zu der runden Betonplatte, die man unter dem Gestrüpp ahnt und über der sich ein rostzerfressenes Schaukelgerüst erhebt. Er setzt sich unter die aufgeplatzten Metallrohre, aus denen ganze Ameisenkolonien hervorkommen. Zwischen seinen Fingern lässt er ein wenig Sand vom ehemaligen Spielplatz rieseln, und als ich ihn so betrachte, wird mir klar, dass ich die Tore, gegen die ich mich bisher gestemmt hatte, jetzt weit öffnen werde. Sofort verschwindet das Gestrüpp, das Schaukelgerät bekommt seine einstige Farbe wieder, sein Trapez, seine Schaukel und seine Ringe. Der Betonkreis füllt sich wieder mit Sand, und jetzt ist es nicht mehr Iannis, der im Schneidersitz dort sitzt und spielt wie ein Kind: Es ist Antoine, der zu unserer Verabredung gekommen ist.

Mein Freund zog den Schlüssel zu unserem Revier aus der Tasche. Die Ferien gingen zu Ende, meine Eltern und ich wollten noch am Abend nach Paris zurückfahren, wir mussten Abschied nehmen vom Saut-du-Loup-Park: Antoine hatte mir versprochen, nur in meiner Begleitung dorthin zurückzukehren – im nächsten Sommer.

Wir ließen unsere Hände über die von der Sonne angewärmten Steine wandern, bogen die Büsche zur Seite, die die Alleen überwucherten. Wir stützten uns auf die steinerne Balustrade, um uns über die halb mit feuchter Erde gefüllten Brunnenschalen zu beugen. In der Grotte dachten wir an das Jahr, das wir getrennt sein würden, und das dunkle Gewölbe verstärkte das Geräusch unseres ineinander verflochtenen Atems. Der Gedanke, Antoine verlassen zu müssen, schien mir auf einmal unerträglich. Überwältigt von einem Gefühl, das ich nie zuvor empfunden hatte, streckte ich die Hand nach ihm aus, legte sie auf seine Brust. Das Herz meines Freundes schlug unter meinen Fingern, und seine Hand suchte meine Hand und legte sich auf sie. Wir standen da wie versteinert, aber Antoine reagierte zuerst: Abrupt löste er sich von mir und ließ mich zurück, um ein letztes Mal auf die Kuppe der Anhöhe zu klettern.

Mit pochenden Schläfen blieb ich allein in der Dunkelheit der Grotte zurück. Ein Aufschrei rief mich aus meinem Unterschlupf: Antoine hatte einen neuen Weg gefunden und entfaltete beim Aufstieg eine wilde Energie, zweifellos um der Verwirrung zu entfliehen, die über uns gekommen war. Nie zuvor hatte ich ihn in Schwierigkeiten gesehen, doch dieses Mal wütete er im Kampf gegen das Dornengestrüpp, das ihn mit seinen Klauen zurückhalten wollte. Ich rief ihn, wollte ihn davon überzeugen, dass es besser wäre umzukehren. Er verharrte einen Augenblick, um sich nach mir umzudrehen und mir beruhigend zuzulächeln, doch plötzlich rutschte sein Fuß auf einer Moosplatte ab, und mit den dünnen Lianen der Zaunwinde in der Hand, an denen er sich festhalten wollte, fiel er ohne einen Schrei hinter das Dickicht.

Sein Kopf war auf das Geländer der Brücke geprallt, mit erdverschmiertem Gesicht lag er auf dem Betonpflaster. Ich hätte den Klagelaut zwischen seinen Lippen lieber nicht hören wollen. Er war entsetzlich blass. Vorsichtig richtete ich ihn auf, und er öffnete die Augen, sah mich eindringlich an. Der Sturz schien ihn nur betäubt zu haben, doch ich stützte ihn, um ihn zurück in den Garten des Hotels zu bringen.

Ich wollte losrennen und seine Familie zu Hilfe rufen, doch Antoine verbot es mir. Er sei in Ordnung, warum also in einer heiklen Situation vorpreschen? Wir hätten ein Verbot missachtet, man würde uns einen Vorwurf daraus machen, wir hätten dieses gefährliche Gebiet niemals betreten sollen. Dieser Ort gehöre uns allein, er sei unser Geheimnis. Ich fügte mich seinem Beharren und schloss die Metalltür zu. Als ich den Schlüssel in Antoines Tasche schob, fühlte ich seine rasenden Herzschläge. Eine neue Ohnmacht drohte, deshalb legte er sich auf den Spielplatz.

Genau dort, wo heute Iannis ganz hingerissen Sand zwischen seinen Fingern durchrieseln lässt.

Ich versuchte Antoine mit einem Lächeln zu trösten, wollte die Blässe in seinem Gesicht, das leichte Zittern seiner Gliedmaßen nicht wahrhaben. Für ihn zählte offenbar nur eines: Dass wir unser Geheimnis wahrten, und so bat er mich, Stillschweigen über seinen Unfall zu wahren. Ich erfüllte seinen Wunsch, sah ihm tief in die Augen und schwor es. Als er sich stark genug fühlte, begleitete ich ihn bis zu seinem Zimmer, wo er sich aufs Bett legte, während er mir versicherte, es gehe ihm gut. Ich ließ ihn sich ausruhen, versprach ihm, ich würde zurückkehren und mich von ihm verabschieden, wenn die Stunde der Abfahrt schlug.

Ich wollte unbedingt noch ein Souvenir aus Horville mitnehmen. Bei Ebbe ging ich zum Strand, stopfte eine Handvoll Lunten und einen Salzstreuer, den ich mitten in einem Haufen Algen gefunden hatte, in meine Hosentasche. Der Himmel war grau, Nieselregen fiel auf die Schieferdächer der Sommerhäuser, die die Wolken streiften. Ich nahm etwas Sand und füllte ihn in meine Tasche, über meine Fundstücke.

Während meine Eltern den Wagen beluden, besuchte ich noch einmal meinen Freund in seinem Schlafzimmer. Seine blutleeren Lippen und die violetten Augenringe machten mir Angst, noch einmal fragte ich ihn, ob ich nicht doch seine Eltern benachrichtigen solle. Und wieder lehnte er es ab. Er wolle sagen, er sei beim Herumturnen vom Schaukelgerüst gefallen, murmelte er. Ich kramte in meiner Tasche, zog den Salzstreuer hervor und legte ihn in seine Hand. Mit einem schwachen Lächeln überreichte Antoine mir ebenfalls ein Geschenk: ein kleines Paket von Zeitungspapier, das ich erst bei meiner Ankunft in Paris öffnen solle. Ohne mich würde er nicht mehr in unser Revier zurückkehren, sagte er noch einmal mit einer Stimme, die nur noch Atem war, er würde bis zum nächsten Sommer warten. Als ich die Tür zu seinem Zimmer schloss, drehte ich mich noch einmal nach ihm um: Er hatte noch immer etwas Erde im Gesicht; statt mir Auf Wiedersehen zu sagen, legte er einfach den Finger auf seine Lippen, dann fiel sein Kopf auf das Kissen zurück.

Es gab keinen nächsten Sommer in Horville für mich: Des Nieselregens und des windigen Strands überdrüssig, änderten meine Eltern das Ferienziel, und das Grau des normannischen Himmels wurde durch das Azur der Mittelmeerküste ersetzt. In Paris begann wieder mein Schülerleben, und mit der für mein Alter üblichen Sorglosigkeit habe ich das Vorhaben, dem kleinen Wildling zu schreiben, der mich so verwirrt hatte, immer auf den nächsten Tag verschoben.

Was ist aus meinem Freund geworden? Heute lässt mich der Anblick des von seinen Eigentümern verlassenen Hotels das Schlimmste befürchten. Der Schatten, der in meinem tiefsten Inneren schlief und der mich in meinen Träumen heimsuchte, hat das Gesicht, den klaren Blick und die abstehenden Haare von Antoine angenommen. Ich hatte ihn vergessen wollen, ebenso wie ich den Inhalt seines Geschenks aus meiner Erinnerung verbannt hatte: In dem ungeschickt verschnürten Päckchen war der Schlüssel zum Saut-du-Loup gelegen.

Ich gehe zu Iannis in die Mitte der Spielfläche und setze mich neben ihn. Er öffnet seine Hand, Sand rieselt heraus über meine. Wir beide betrachten diese seltsame Sanduhr einer Zeit, die für Iannis für immer stehen geblieben zu sein scheint. Dann machen wir uns auf den Heimweg.

Wie jedes Mal, wenn ich ins Wohnzimmer trete, reißt Helena ein Blatt aus ihrer Remington und lässt es in der Schreibtischschublade verschwinden. Als sie sich zu uns umdreht, sehe ich, dass sie wieder geweint hat. Mit tonloser Stimme bittet sie mich, doch meine üblichen Aufgaben zu erledigen, Iannis zu baden, ihm das Abendessen zu richten und ihn ins Bett zu bringen. Ich tue, was sie verlangt, denke dabei jedoch ständig an unseren Besuch im Hôtel des Flots: Von nun an muss ich mit der Erinnerung an Antoine leben.

Als ich wieder ins Wohnzimmer hinuntergehe, sitzt Helena auf dem Sofa.

»Jérôme hat heute Nachmittag angerufen, die Dinge überschlagen sich. Die Einrichtung ist bereit, unseren Sohn aufzunehmen, doch wir müssen unsere Zusage schnell geben, viele Familien wollen unbedingt diesen Platz, er kann höchstens ein paar Tage unbesetzt bleiben … offenbar eine Geldfrage.«

Sie lässt sich Zeit, bevor sie mit belegter Stimme fortfährt:

»Sie müssen Iannis morgen begleiten, mit dem Zug, damit

er so schnell wie möglich mit seinem Vater dorthin abreisen kann. Jérôme wird Sie an der Gare Saint-Lazare abholen, er schlägt Ihnen vor, Ihren Wagen am Bahnhof von Caen abzustellen und später abzuholen. Mit Iannis auf dem Rücksitz zu fahren ist zu riskant, man weiß nie, wie er sich verhält, ob er den Hals des Fahrers umschlingt oder ihm die Augen zuhält.«

Ich frage sie, ob sie uns begleiten wird, obwohl ich ihre Antwort im Voraus kenne. Sie atmet tief ein:

»Bis zum Bahnhof ja, um auf Iannis aufzupassen, während Sie fahren. Aber nicht bis nach Paris, und noch weniger bis nach Belgien. Das übersteigt meine Kräfte. Ich weiß noch nicht einmal, wie ich diese Neuigkeit Iannis mitteilen soll, ich hätte ihn darauf vorbereiten, schon lange einmal mit ihm darüber sprechen sollen. Ich habe es nicht fertiggebracht.«

Anders als sonst, schenke diesmal ich uns zwei Gläser ein, die wir schweigend leeren. Alles geht so schnell, viel schneller als vorhergesehen: Morgen schon werde ich mich von Iannis trennen müssen. Doch ich habe meinen Entschluss von heute früh nicht vergessen und ergreife jetzt die Initiative, lege meine Hand auf Helenas Schenkel. Sie erschaudert und dreht sich zu mir, findet zu ihrer Ironie:

»Welch plötzlicher Wandel, Louis! Ich sehe, Ihr Entschluss, sich mir zu verweigern, ist nicht in Stein gemeißelt. Ich kenne Ihre Vorliebe für die Klassiker, doch der Augenblick ist schlecht gewählt: Sie sind kein Julien Sorel, und ich noch weniger eine Madame de Rênal. Sie werden es mir nicht verübeln, hoffe ich, zumindest nicht mehr als ich es

Ihnen verübelt habe …, wie dem auch sei, ich bin gerührt über Ihre Aufmerksamkeit und wünsche Ihnen eine gute Nacht.«

Damit steht sie auf, und während sie um den Couchtisch und zur Treppe geht, bleibt ihr Blick undurchdringlich.

Iannis atmet tief, eine Strähne klebt an seiner feuchten Stirn. Ich beuge mich über ihn, um ihm ins Ohr zu murmeln, was ihn morgen erwartet: die Fahrt zum Bahnhof, die wir zu dritt unternehmen, dann die Zugfahrt nach Paris, die wir beide allein machen. Ich erzähle ihm von der Einrichtung in Belgien, von den Freundschaften, die er dort schließen kann. Absurde Aussagen, ich weiß: Freunde für Iannis! In dem Augenblick, als ich versuche ihm zu sagen, wie sehr er mir fehlen wird, löst sich eine Träne aus meinem Augenlid und fällt auf seine Hand. Aus Angst, ihn zu wecken, verlasse ich das Zimmer auf Zehenspitzen.

Ich öffne meine Schlafzimmertür, überquere den Flur und gehe furchtlos zum gegenüberliegenden Zimmer. Es ist stockdunkel, ich taste mich an das Bett, setze mich auf die Bettkante und strecke die Hände nach Helenas Haar aus, das über dem Kopfkissen verteilt ist. Sie schreckt auf, bewegt sich vorsichtig, dann verharrt sie ruhig, als wartete sie. Schließlich streckt sie ihre Arme in der Dunkelheit nach mir aus und umschlingt meinen Hals. Sie streicht mit beiden

Händen über mein Gesicht wie eine Blinde, die meine Züge ertastet, dann zieht sie mich zu sich und drückt ihre feuchte Wange an meine.

Es ist noch tiefe Nacht, als ich die Augen öffne und versuche, mir klar darüber zu werden, wo ich mich befinde. Eine Hand Helenas liegt auf meiner Brust, sie atmet friedlich. Ich habe den Körper eines jungen, fröstelnden Mädchens erforscht, das sich damit begnügte, meinen Körper flüchtig zu berühren, und das es zuließ, dass meine Lippen sich bis zu seinen intimsten Stellen vorwagten, das bereit war für ein süßes Vergnügen. Sie hat jede meiner Bewegungen mitgemacht: ganz das Gegenteil der Gebieterin, deren herrische Lust mir Angst gemacht hatte.

Kaum hatte ich ihr Zimmer betreten, zog sie mich mit ihren Armen zu sich, wegen ihrer Kraft fürchtete ich, es würde einen Kampf mit ungewissem Ausgang geben, doch sobald ich in ihr Bett geschlüpft war, schmiegte sie sich an mich, und es flossen wieder Tränen. Ich wiegte sie, tröstete sie, bis ihr Körper sich entspannte und bereit war, sich zu öffnen. Sehr schnell riss die Lust sie mit, und sie gab ein gedämpftes Stöhnen von sich, das meine Lust anstachelte. Noch in ihr, mit ihrem Atem im Haar, schlief ich ein.

Es ist vollkommen still, doch ich finde keinen Schlaf mehr. Alle meine Gefühle stürmen auf mich ein, die Aussicht, nach Paris zurückzukehren, bedrückt mich, die Nähe von Helena bedrängt mich körperlich, ihre Wärme erfüllt mich. Ich stehe auf und gehe hinunter ins Wohnzimmer, um eine Zigarette zu rauchen. Der Deckel der Remington auf dem Schreibtisch ist geschlossen, ich sehe, dass der Stapel Papier seit meiner Ankunft deutlich kleiner geworden ist, und ich wundere mich, dass ich nicht schon früher darauf gekommen bin, einen Blick auf Helenas Arbeit zu werfen. Die Schublade ist nicht abgeschlossen, ich kann der Versuchung nicht widerstehen, sie zu öffnen, und nehme das erste Blatt, das mir in die Hände fällt.

»Er spürt die Lust aufsteigen, wirft den Kopf zurück, schließt die Augen. Sie fleht ihn an, er möge sie wieder öffnen, sie möchte sein Gesicht sehen, vor allem in den Tiefen seines Blicks den Augenblick erfassen, in dem alles kippt. So kurz wie er ist, bleibt ihr der Orgasmus eines Mannes ein Rätsel, ebenso wie ihr eigener. Durch ihn kommt er mit der grundlegenden Ordnung der Natur zusammen, er lässt ihn in diesen wenigen Sekunden, die ihn völlig auflösen, sterben und wieder zur Welt kommen. Ob erhaben oder schmutzig, verliebt oder gegen Bezahlung spielt keine Rolle, wenn sich die Unendlichkeit auftut.

Er gehorcht ihr, seinem sich aufbäumendem Körper, und schließt die Lider nicht. Sie glaubt, er würde ihr endlich erlauben, die Antwort zu erkennen, doch im entscheidenden Augenblick erblickt sie in den Augen des jungen Mannes nur eine siderische Leere.«

Das also hatte Helena aus dem Augenblick gemacht, in dem ich mich dieser unbekannten Lust hingegeben hatte. Das war ihr von meinem Blick in ihre abgrundtiefen Augen in Erinnerung geblieben: *eine siderische Leere*. Ich zögere, die anderen, in der Schreibtischschublade versteckten Seiten zu nehmen, ich kann mir mühelos vorstellen, was ich darin entdecken würde: die Erlebnisse der letzten Abende, mit deren Erzählung sie ihren Roman gemästet hat und in der ich kein besseres Bild abgebe.

»Ich habe mich Ihnen heute Nacht hingegeben, Louis, ich habe eingewilligt, ich verlangte sogar danach, aber was Sie gerade tun, nennt man eine Vergewaltigung.«

Mein Atem stockt, ich drehe mich um: In einen Morgenmantel gehüllt, die Hand am Türgriff, richtet Helena einen eisigen Blick auf mich.

»Ich vertraute Ihnen. Dass Sie das Herz eines gemeinen Einbrechers haben, dass Sie Bücher fleddern, hätte ich nicht gedacht!«

Ich bin drauf und dran, mich für die Taktlosigkeit meines Verhaltens zu entschuldigen, doch eine kalte Wut überkommt mich, und ich schwinge die der Schublade entrissene Seite, um sie ihr mit tonloser Stimme vorzulesen, die letzten Worte besonders nachdrücklich.

»Na und? Klingt doch nicht schlecht, oder? Ein Roman, und da Sie ja wissen, Louis, was ein Roman ist, werden Sie doch nicht glauben, Sie seien meine einzige Inspirationsquelle? Stellen Sie sich vor, ich habe schon geschrieben, bevor Sie kamen! Ihre Gestalt ist einfach im Laufe der Zeit zwischen meine Seiten geraten. Aber es wäre sehr vermessen, mein armer Junge, wenn Sie meinten, er handele von Ihnen, von Ihnen allein!«

Das bebende Mädchen aus dieser Nacht war wie weggeblasen. *Mein armer Junge*: Helena hatte zum schneidenden Ton der großen Auftritte zurückgefunden. Sie kam auf mich zu, riss mir den Text aus den Händen und zerriss ihn, dann öffnete sie die Schreibtischschublade und nahm den Stapel Blätter an sich.

»Es bleiben nur noch wenige Stunden bis zur Abreise, wir sehen uns beim Frühstück.«

Mit ihrer Arbeit unter dem Arm ging sie die Treppe hinauf zurück in ihr Zimmer und warf die Tür hinter sich zu.

Nie habe ich Iannis so ruhig erlebt. Niedergeschlagen steht er in seinem Zimmer an der Wand und sieht uns zu, wie wir seine Sachen in eine Tasche packen. Helena reicht mir Hemden, Hosen und Pullover, ohne ein Wort an mich zu richten. Seit der Szene heute Nacht tun wir so, als seien wir Luft füreinander, und beim Frühstück hat eine eisige Atmosphäre geherrscht. Sie hat sich aufgeregt, weil Iannis sich zum ersten Mal weigerte, irgendetwas zu sich zu nehmen, trotzdem hat sie ihren Sohn mit zärtlichen Gesten umsorgt, und jedes Mal, wenn sie seine Wange streichelte, wurden ihre Augen feucht. In meiner Gegenwart fand sie den Mut, ihm zu erklären, was kommen würde, und sie benutzte meine Worte dazu.

Iannis folgt uns wie ein Roboter, als wir mit gepacktem Koffer die Treppe hinabsteigen und die Tür der Villa hinter uns schließen. Grauer denn je fließt das Meer in den Himmel, ich würde gerne zum Strand hinuntergehen, um eine letzte Handvoll meiner Kindheitsschätze mitzunehmen, doch die Zeit drängt: Ich muss Iannis wegbringen und keinen Vorrat an Lunten und Salzstreuern aus Horville. Wir nehmen die Straße parallel zu den Tennisplätzen und biegen in die Straße ab, die unter der Holzbrücke hindurchführt, die das Winterquartier der Segelboote überspannt. Dort wartet der 2CV auf uns, seine graue Karosserie im farblichen Einklang mit den dicken Wolken über dem Badeort. Helena und Iannis setzen sich auf die Rückbank, ich nehme hinter dem Lenkrad Platz. Wir fahren durch die noch taunasse Landschaft und an den spitzen Kirchtürmen der Basilika La Délivrande vorbei, dann biegen wir auf die lange gerade Strecke ein, die uns direkt zum Bahnhof von Caen bringt.

Wir stellen den Wagen auf dem Parkplatz ab und gehen zum Bahnsteig, wo sich eine kleine Gruppe Reisender drängt. Gleichgültig gegenüber dem Gedrängel folgt uns Iannis bis zum Zug, ohne die geringste Gefühlsregung zu zeigen. Helena hilft uns, ein Abteil zu beziehen, in dem wir nebeneinandersitzen, der Junge am Fensterplatz. Ich hole den Zündschlüssel aus der Tasche und spreche Helena zum ersten Mal an diesem Morgen an mit der Frage, ob sie mit meinem 2CV in die Villa zurückfahren wolle.

»Nein danke, Louis, vor dem Bahnhof stehen Taxis.«

Und mit einem halben Lächeln fügt sie hinzu:

»Aus dem Alter, in dem man ein solches Fahrzeug steuert, bin ich leider schon raus. Das ist etwas für junge Leute! Sie können es nach der Zugfahrt abholen, wenn Sie zurückkommen.«

Sie sieht mich eindringlich an:

»Sie müssen dann nicht noch einmal nach Horville zurückkommen.«

Kein anderer Reisender setzt sich zu uns ins Abteil. Sich über mich beugend, fasst Helena das Gesicht ihres Sohnes mit beiden Händen, um ihn lange zu küssen, dann löst sie sich von ihm, indem sie ein letztes Mal über seine Wange streichelt. Iannis presst seine Stirn gegen die Scheibe und vertieft sich in den Anblick des beschlagenen Kreises, den sein Atem dort hinterlässt. Ohne dass ich einen Blick mit ihr wechseln kann, steigt Helena aus dem Waggon und entfernt sich. Sie dreht sich nicht um: Ihr gerader Rücken, ihr mit der Spange gehaltenes Haar, ihr entblößter Nacken, ihre verkrampften Schultern, die gegen einen endlosen Schmerz zu kämpfen scheinen, sind das letzte Bild, das ich von ihr habe.

In blauen Sommernächten werde ich durch Felder gehen,
Von Halmen gestochen das dünne Gras niedertreten:
Träumend werde ich die Frische an meinen Füßen spüren.
Ich werde meinen unbedeckten Kopf in den Wind halten.
Ich werde nicht sprechen und an nichts denken …

ARTHUR RIMBAUD

Schon seit einer Stunde fährt der Zug über Land. Iannis hat sich nicht bewegt und presst noch immer die Stirn gegen die Scheibe. Er hat weder auf die Abschiedsküsse seiner Mutter noch auf den Pfiff reagiert, der die Abfahrt des Zuges ankündigte, auch das Rumpeln der Waggons bei der Fahrt über Weichen hat ihn nicht aus seiner Erstarrung geweckt. Immer mal wieder versuche ich seine Aufmerksamkeit auf eine Beobachtung in der Landschaft zu lenken, doch nichts scheint ihn aus seinen Gedanken reißen zu können. Ich beuge mich zu ihm: Seine Augen sind geschlossen, anscheinend hat ihn das Schlingern des Zugs in den Schlaf gewiegt, und sein regelmäßiger Atem haucht weiterhin kleine, sich schnell auflösende Wolken auf die Scheibe.

Wiesen und Hügel fliegen an mir vorbei, und ich lasse meinen Gedanken freien Lauf. Während meines Aufenthalts in Horville hat Frédéric gerade noch die Hand Sophie Arnoux' küssen können, bevor Flauberts Roman in mein Gepäck zurückwanderte, und mehr als ein paar wenige Gedichte konnte Rimbaud mir nicht zuflüstern, bevor er sich in

Abessinien die Flügel verbrennt … Das strahlende Lächeln Antoines verweilt einige Sekunden auf der Scheibe des Waggons, dann verschwindet es, und übrig bleibt ein hartnäckiger Gedanke: In knapp zwei Stunden werde ich Iannis seinem Vater übergeben und ihn nie wiedersehen. Ich werde nicht einmal die Möglichkeit haben, mir vorzustellen, er sei dort glücklich, wo er hinfährt. Wie konnte ich in so kurzer Zeit einen Jungen lieb gewinnen, der nicht ein Wort an mich gerichtet, mir kaum einen Blick geschenkt hat? Wie war es ihm gelungen, eine so enge Beziehung zu mir zu schaffen? Trotzdem musste ich diese Verbindung jetzt lösen und von nun an ohne das junge Medium leben, das in meinen Gedanken las. Ich werde nach Paris zurückkehren, versuchen, mein Studium fortzusetzen, doch ich werde nicht wieder in diese Teilnahmslosigkeit zurückfallen, die mich hierher gebracht hat. Der chronisch Gehemmte, *der große Schweiger*, der meine Eltern beunruhigte, der *angepasste* Junge, der Helenas Annäherungsversuche zurückwies, gehören der Vergangenheit an, ein Monat hat genügt, um diese abzulegen wie ein altes Kleidungsstück auf dem Strand von Horville. Meine Gespenster, meine Ängste sind verschwunden: Liegt es an Helena, verdanke ich das Iannis?

Langsam senkt sich mein Kinn auf meine Brust, meine Fragen dämmern wirr vor sich hin, und ich schlummere ebenfalls ein.

Das durchdringende Quietschen der Räder des Triebwagens reißt mich aus dem Schlaf, kündigt die Notbremsung des Zuges an, der mitten in der Landschaft stehen bleibt. Meine Reisetasche ist vom Gepäckträger herabgefallen, fast wäre ich selbst von der Sitzbank geschleudert worden. Ich höre die aufgeregten Stimmen der Reisenden in den Nachbarabteilen, das schnelle Traben des Schaffners auf dem Gang, und ich frage mich, welchem Unglück wir gerade entronnen sind. Dann sehe ich Iannis, er lächelt, hängt an der Notbremse über unseren Köpfen, und ich begreife, was geschehen ist. Ich war nicht wachsam genug: Ich hatte den Griff ja gesehen, als wir ins Abteil kamen, und da ich weiß, dass Iannis zu allem fähig ist, hätte ich ihn davon fernhalten sollen. Ich beeile mich, seine Finger loszumachen, nötige ihn, sich wieder auf seinen Fensterplatz zu setzen. Da sehe ich gerade noch, bevor sie verschwinden, die Buchstaben meines Vornamens in dem Kreis, mit dem sein Atem die Scheibe beschlagen hat.

Das abrupte Anhalten des Zugs hat die Reisenden wachgerüttelt, jetzt eilen sie auf den Flur, ziehen die Fenster herunter, beugen sich mit fragenden Gesichtern aus dem Zug. Ein Konzert von Rufen, erschrockenen Stimmen und Kindergeplärr hallt durch den Waggon, und mit erstaunlicher Ruhe inmitten dieses Radaus merke ich, wie eine verrückte Idee in mir aufkeimt. Nein, die Fragen der Schaffner, die Bemerkungen der Reisenden werden wir nicht über uns ergehen lassen, das kommt nicht in Frage. Ich will Iannis' Verhalten nicht noch einmal erklären müssen, sagen, dass er anders ist, um seine Tat zu entschuldigen. Im Handumdrehen steht mein Entschluss fest: Iannis hat die Notbremse wegen mir gezogen, mein Name, der mit dem Niederschlag auf der Scheibe verschwunden ist, bestätigt dies eindeutig. Wenn ich seine Nachricht verstanden habe, muss ich diesem Hilferuf folgen.

Ich packe meine Tasche, nehme Iannis' Tasche an mich, fasse die ausgestreckte Hand des Jungen und ziehe ihn in den Flur. Das Durcheinander dort macht uns für die Blicke der Mitreisenden völlig unsichtbar. Mit Schulterrempeln und Drängelei im Rücken der Mitreisenden bahnen wir uns einen Weg bis zum Ende des Waggons.

Der Irrsinn meines Tuns bremst nicht eine Sekunde meinen Schwung, im Gegenteil, ein Lächeln legt sich auf meine Lippen, ich gehorche plötzlich einer Parole der Studentenrevolte, die ich einmal im Vorübergehen gesehen habe: *Seid realistisch, fordert das Unmögliche!* Ich betätige den Türöffner, die Tür schwenkt auf, und vor mir liegen die Wiesen, die den Bahndamm säumen. Der Wind zeichnet Wellen darauf, eine Böe wirbelt Gräser auf, und ich sauge, die Hand ans Geländer geklammert, die windige Luft ein, die mich berauscht. Iannis schlüpft unter meiner Schulter durch, berührt kaum das Trittbrett und wartet nicht, bis ich ihn auffordere zu springen. Er ist vor mir auf dem Schotter, und er gibt die Richtung vor, indem er mich entschlossen am Arm zieht.

Als die ersten hohen Gräser unsere Beine peitschen, drehe ich mich um. Aus der Ferne und im Gegenlicht sieht der Zug aus wie ein Kinderspielzeug. Iannis folgt dem Lockruf der Wiesen, die vor uns liegen, so weit das Auge reicht, und er zieht immer stärker an meinem Arm, bis ich zusammen mit ihm dem Horizont entgegenstürme.

Wie lange wird dieses Ausreißen dauern, wann wird man uns finden? Höchstens ein paar Tage, aber es werden Tage sein, die ich allein mit Iannis verbringe, bevor ich ihn für immer verliere. Atemlos schwanke ich zwischen Lachen und Weinen beim Gedanken an das, was mir gerade widerfährt.

Wo ist jener Louis geblieben, der Jahr für Jahr sein Leben mit sich herumschleppte auf der Jagd nach einer Zukunft, die er sich nicht ausgesucht hatte? Ohne sich um die Folgen zu kümmern, ohne an die Reaktion von Iannis' Eltern zu denken, ohne Angst vor den Konsequenzen seines verrückten Handelns, flieht der besondere Junge, der Gehemmte, der große Schweiger durch die Felder, hält die Hand eines verrückten Kindes und ist glücklich dabei.

Danksagung

Danke all den leiderfüllten Kindern, die mich zur Figur des Iannis angeregt haben.

Danke Martine Boutang, deren hoher Anspruch mir hilft, meine Aufzeichnungen in Romane zu verwandeln.